L'ÉCARTÉ.

IMPRIMERIE DE POULET,

QUAI DES AUGUSTINS, N° 9.

L'ÉCARTÉ,

OU

AVENTURES D'UNE JOUEUSE;

Par M. LABLÉE,

Chev.ᴱᴿ. DE LA LÉGION-D'HONNEUR; DE L'ACADÉMIE DE LYON, DE LA SOCIÉTÉ ROYALE DES SCIENCES D'ORLÉANS, etc.

TOME SECOND.

A PARIS,

CHEZ PLANCHER, LIBRAIRE,
QUAI SAINT-MICHEL.

—

M DCCC XXII.

AVERTISSEMENT.

—

Quoique cet ouvrage soit plutôt une histoire qu'un roman, je ne doute point qu'on ne lui donne ce dernier titre.

J'en avais conçu l'idée, il y a quelques années, d'après ce que j'avais entendu rapporter; mais des soins divers m'en avaient fait différer la composition. Une maladie grave à laquelle se joignait le sentiment d'une grande injustice, m'ayant retenu au lit pendant près de deux mois, m'a donné le temps de me livrer à ce léger travail, auquel j'ai dû quelque soulagement et une favorable diversion.

Je dis franchement cette circonstance particulière, dans l'espérance qu'elle rendra mes lecteurs plus indulgens. On peut me demander pourquoi, à soixante-onze ans, malade et chagrin, j'ai entrepris un ouvrage de ce genre

que je destinais au public. J'ai
prévenu cette question: je voulais
faire connaître ce qui dans mon
sujet m'a paru digne d'intérêt, et
je n'ai pas été le maître de mon
temps.

Je ne dois pas taire aussi une
autre circonstance. Le libraire
voulait deux volumes : je les ai
promis; mais j'ai bientôt reconnu
la difficulté qu'il y avait à remplir un pareil engagement, avec
un sujet aussi simple, aussi peu
susceptible d'étendue et de déve-
loppemens. Il me restait une res-

source, celle de me livrer à des détails de faits particuliers qui m'avaient été également dits, et qui sans avoir des rapports directs avec les principales aventures de mes héros, ne leur étaient pourtant point étrangers.

Contraint d'affaiblir, en le divisant, l'intérêt de mon ouvrage, j'ai tâché de dédommager mes lecteurs en leur offrant, dans des cadres variés, des peintures de mœurs, de ces scènes familières qui ont lieu soit dans la vie intérieure, soit dans les sociétés des gens du monde, et qui font mieux connaître les personnages qu'on met en action. De pareilles lectures, sans causer les surprises, sans exciter les émotions que le grand nombre recherche dans les romans, ne sont pas sans attraits pour beaucoup de personnes, surtout si l'auteur a su mettre du naturel et de la vérité dans ses récits. J'ai été assez heureux pour qu'on ait attribué ce mérite à mon petit roman de *la Roulette*, dont il se prépare une septième édition. Puisse cet ouvrage, ayant le

même but moral, être également
accueilli! Mais il paraît dans un
temps voisin de celui où quelques
romans ont causé une sensation
extraordinaire; la comparaison
ne peut que m'être désavantageuse.

D'autres saisiraient cette occasion de se joindre aux critiques
qui ont reproché aux Byron, aux
Nodier, aux d'Arlincourt de mettre leurs personnages hors des
proportions naturelles, de bles-
ser les vraisemblances, et de se
complaire dans des descriptions

qui, malgré leurs beautés, ne peuvent qu'embarrasser l'esprit du commun des lecteurs. Quant à moi, éloigné comme je le suis du talent de ces écrivains, il me conviendrait peu de relever des défauts qui tiennent sans doute au genre qu'ils ont innové: voudrais-je d'ailleurs en chercher dans des ouvrages où presque à chaque page étincellent des traits de génie?

Fautes essentielles à corriger.

—

Page 212, ligne 17, au lieu de *des gens,* lisez *des jeunes gens.*

Page 216, dernière ligne, au lieu de *le long de la,* lisez *le long des côtes.*

L'ÉCARTÉ.

CHAPITRE PREMIER.

Explication.

Malgré ce que Saint-Léon avait adressé à sa mère, croyant la faire revenir de ses préventions contre Elmonde, elle était loin d'être rassurée sur le sort qui était destiné à son fils, si le mariage projeté avait lieu. Elmonde eût-elle toutes les qualités qu'on lui attribuait, la précaution qu'elle avait prise de cacher son nom et son rang, peut-être pour s'attirer plus facilement les hommages de la galanterie, ses rapports avec une femme telle que madame de Lezignac, cette manie du jeu, presque toujours indestructible dans ceux qui en sont atteints, son peu d'ordre dans ses affaires, cette humeur légère, ce goût de dissipation, reconnus dans elle par ceux-là même qui en disaient du bien, le peu de solidité de sa fortune, dépendante en partie, pour sa conservation, de l'issue d'un procès, les réticences de sa parente, de sa compagne de voyage, après que celle-ci eut laissé involontairement échapper quelques mots défavorables sur son compte, que de motifs pour que madame de Crancey ne perdît point ses craintes! mais elle connaissait à Saint-Léon un jugement sain; il était incapable d'un long égarement; en le contrariant, elle ne produirait aucun bien; si elle ne s'était pas trompée dans l'opinion désavantageuse qu'elle avait de cette étrangère, elle espérait que quelqu'heureuse circonstance ferait ouvrir les yeux à son fils.

Etant allée un jour à la Boissière, elle avait tâché de réparer le peu d'attention qu'elle avait eue pour Elmonde aux Colinettes, et elle lui avait parlé d'une manière très-affectueuse.

Elmonde se félicitait de ce que Saint-Léon n'avait point reçu les impressions qu'il paraissait qu'on avait voulu lui donner contre elle. C'était lui montrer non-seulement de l'amour, mais de l'estime. Elle lui écrivit :

« Pardon, mon cher Saint-Léon, si j'ai été quelque temps sans vous ecrire. J'ai été tous ces jours-ci, je ne dirai pas malade, mais mal à mon aise, mais hors dé ta de dire à mon ami des choses qui pussent le faire sourire. Vous m'en avez adressé d'une gravité qui m'aurait beaucoup divertie, si je n'avais senti que je me les étais attirées. Mais expliquons-nous.

» Oui, je suis la baronne douairière d'Alkolf, née de parens d'une haute noblesse, veuve d'un des plus grands seigneurs de l'Allemagne, et possédant de grands biens; oui, voilà ce que je suis pour tout le monde; pour vous, mon cher, je ne veux jamais être qu'Elmonde.

» Je vais faire connaître mon nom, mes titres, mon rang, toutes ces belles choses devant lesquelles le sot vulgaire se tient la tête abaissée, et qui, au fond, ne sont rien ou presque rien, si on veut prendre le soin de les apprécier.

» Je vais donc inspirer du respect ! Ah ! cela est bien froid, mon cher

St.-Léon, pour une femme si jalouse
d'inspirer autre chose. Nos Messieurs,
en me parlant, tiendront leur chapeau un peu plus bas, les dames me
feront une plus grande révérence;
voilà vraiment de grands avantages.

» J'ai caché mon nom, mon rang;
cela, mon ami, j'en conviens, peut
faire élever de furieux soupçons
contre moi; cela même peut faire
prendre des informations sur ma conduite antérieure; mais quoi! je voulais séparer mon rang de moi-même,
je voulais savoir si, dépouillée de ce
qu'on admire, je restais ornée de ce
qu'on aime; je voulais n'être que moi,
et j'étais curieuse de voir si, étant
ainsi, je ne paraîtrais ni laide ni désa-
gréable. Cela m'a réussi. Avez-vous
remarqué, Saint-Léon, comme ma
chère cousine Léonore, la grande ba-

ronne de Murer, toujours pompeu-
sement mise, toujours en représentation, faisait une laide grimace, lorsque, la négligeant, on m'adressait des
choses flatteuses ou tendres, lorsqu'on se disait tout bas, mais de manière à être entendu: Est-elle jolie!
est-elle bien faite! que de grâces!
quelle aisance! quel charmant sourire! et quel son de voix enchanteur!
et ses bons mots, ses réparties! on n'a
pas plus d'esprit. J'avoue encore, mon
cher St.-Léon, qu'en voulant paraître
une personne de peu d'importance,
j'avais un grand désir, celui de trouver un homme aimable, spirituel, qui
m'aimât comme je viens de le dire,
pour moi-même. L'ai-je trouvé? je
vous le demande. N'affectez-pas tant
de modestie, et convenez que je n'ai
pas été déçue dans mon espérance,

ou vous m'allez faire craindre que
mon épreuve n'ait pas eu un plein
succès.

» Je ne serais point étonnée d'apprendre qu'on m'accuse aussi de coquetterie. J'ai pu donner lieu à cette
effrayante accusation, lorsque j'étais
dans les plus hautes sociétés d'Allemagne, ou, en dernier lieu, dans les
cercles parisiens. Quoiqu'en vérité,
je ne voulusse que jouer la coquetterie, du moins il y avait là possibilité de faire de brillantes conquêtes ;
mais n'ai-je pas abdiqué ce léger caractère lorsque je suis venue, après
l'avoir beaucoup souhaité, dans cette
campagne où je croyais n'avoir pour
courtisans qu'un marquis de Clainval, pour rivales en beautés que
des bergères (car la comtesse et
Léonore étaient déjà supplantées), et

de rivaux pour le chant que des ros-
signols?

» Parlons à présent de ce marquis
de Clainval, que sans doute on me
donne aussi pour amant, quoiqu'on
doive croire que vous ne pourriez
avoir qu'un rival malheureux. Clainval, je vous en ai prévenu, et je vous
le répète, est celui de tous les hommes
que vous avez le plus à craindre, car
outre qu'il est quelquefois fort aimable, vous êtes absent, et il ne néglige pas de faire valoir ses droits de
présence. C'est dommage que lorsqu'on l'a vu et entendu, si on le
quitte, il ne vous laisse rien, absolu-
ment rien, aucune pensée, aucune
sensation, pas le plus petit tourment.
Il n'en est pas de même de vous,
Saint-Léon; vos paroles ont un son
continu qui ne vibre pas seulement à

l'oreille, mais au cœur. Votre imagination (qualité dont Clairval est tout-à-fait dépourvu) ouvre à celui devant lequel vous l'avez mise en mouvement, une carrière vaste, qu'après l'avoir quittée on sent le besoin de parcourir encore ; il est vrai vous enivrez de plaisir (je l'ai senti quelquefois) l'objet que vous honorez d'un sentiment particulier, mais quelque fois aussi vous faites souffrir, beaucoup souffrir. On souffre quand on ne vous voit plus, on souffre quand on craint de ne vous avoir pas inspiré un sentiment pareil à celui qu'on éprouve, on souffre lorsqu'on craint de vous avoir déplu en quelque chose, on souffre lorsqu'on pense qu'on n'a rien à mettre en comparaison de tout ce que vous avez de bon, de beau, de séduisant; on souffre surtout en ré-

fléchissant que si l'on vous perd on
perd tout.

» A propos de souffrance, savez-
vous, mon cher, que vous m'en avez
fait sentir une bien grande en me parlant du jeu auquel je me suis imprudemment livrée, des pertes que j'ai
faites, et d'une aventure telle que je
n'y pense point sans rougir ?

» Avec tout autre, je n'aurais aucun compte à rendre de ce que j'ai
fait, mais vous êtes mon maître, je
vous en dois un.

» Rien ne peut me justifier, il
faut donc que je cherche des excuses.

» J'ai beaucoup joué en Allemagne à ce jeu de l'écarté que j'aime et
qui me tente toujours, mais j'y met-
tais un intérêt d'amour propre, plutôt qu'un intérêt d'argent; le plus
petit jeu était le mien. Parce que je

gagnais souvent, je me suis persuadée
que j'avais plus qu'un autre le talent,
non de me soumettre le hazard, mais
de tirer le meilleur parti de ses
chances, et de rendre à mon adversaire sa faveur moins grande. Je me
suis livrée à des calculs ; j'ai fait des
épreuves ; elles m'ont réussi dans un
temps, dans un autre elles auraient
pu me désabuser. Quoi qu'il en soit,
je suis restée dans l'opinion de ma
supériorité, et je me suis tellement
attachée à cette idée, qu'il me serait
difficile de la perdre.

» A Paris, j'ai joué deux ou trois
fois ; j'étais moins occupée de mon jeu
peu intéressé que des éloges de ceux
qui m'entouraient. A la campagne, j'ai
eu d'abord de plus aimables distrac-
tions ; vous m'en avez donné quelques-
unes. J'ai joué ensuite comme j'avais

joué à Paris, petit jeu ; mais lorsque
j'eus perdu long-temps de suite, mon
amour propre s'est irrité : j'ai voulu
recouvrer mon argent, quoique j'y
tinsse peu ; n'y étant pas parvenue, et
oubliant les conseils que vous m'aviez
donnés, j'ai mis une sorte d'entêtement dans la poursuite du sort ; je n'ai
modéré ni mon jeu ni mes paris. Vous
êtes instruit du reste.

Malgré ma grande fortune, je ne vous
dissimule pas que j'ai dû être sensible
à ma perte. J'avais fait venir de l'argent de Dusseldorf. Si j'en crois mon
intendant, cela le gêne pour la ges-
tion de mes affaires. Je vous expli-
querai cela quand nous nous reverrons.

» Vous voyez, mon ami, que je n'ai
rien de caché pour vous ; cette sin-
cérité doit disposer mon juge à l'in-

dulgence. Le tableau que vous m'avez
fait des désordres que le jeu entraîne
serait effrayant pour d'autres, il ne
peut l'être pour moi. Ce qui m'est arrivé à la Boissière, ne m'arrivera pas
une seconde fois; je n'ai pas besoin
d'en faire le serment. Votre doute à
mon égard serait pour moi une of-
fense.

» Le vicomte s'est exécuté, il a ré-
paré l'imprudence qu'il avait commise
en laissant jouer chez lui si gros jeu,
et en accueillant des gens à qui on ne
parlerait pas hors de chez soi. On ne
joue plus que le jeu ordinaire des
bonnes sociétés. Après la fuite de ce
fripon de Derlincourt, le major anglais, le banquier suivant les jeux, et
quelques autres, sont partis. En vérité je ne suis point privée; plus je
m'éloigne du temps où j'ai joué de

fortes sommes, moins je peux concevoir que j'aie eu une pareille faiblesse.

» On mène ici à peu près la même
vie qu'on y menait lorsque vous y êtes
venu, excepté que le jeu est remplacé en partie par des lectures et des
concerts.

» Duvillard nous a lu une satire
sur les nouveaux nobles et les nouveaux riches, sujet rebattu, mais
qu'il a su rendre neuf et piquant. La
satire personnelle annonce de l'im-
pudence et de la lâcheté dans son
auteur ; la satire de mœurs, surtout
lorsqu'elle s'exerce contre des hommes
fiers d'une autorité dont ils abusent,
est, il me semble, l'ouvrage qui doit
le plus honorer le poëte qui sait y
faire briller à la fois du talent, du
courage et de l'énergie.

» Madame de Crancey m'a dit avoir reçu de vous une lettre qui lui avait fait plaisir. J'étais partie des Colinettes mécontente; un peu d'affection que vient de me montrer votre respectable mère me fait désirer qu'elle en ait pour moi davantage.

» J'aime votre Eliane; elle mérite d'être heureuse. Quand le serons-nous? »

Votre ELMONDE.

~~~~~~

CHAPITRE II.

Les Vendanges.

Les vendanges étaient ouvertes, un beau temps favorisait les travaux. Les habitans du château s'en étaient partagé la direction et la surveillance. La veille, l'intendant avait été à Blois louer les vendangeurs. Ils étaient en grand nombre, le vicomte ayant beaucoup de vignes récolter. Le lendemain matin, lorsqu'ils arrivèrent à la clarté de la lune, les dames, éveillées par le bruit, ouvrirent leurs croisées, et crurent que le château allait être assiégé. L'intendant les fit conduire et placer dans les différens quartiers

des vignes qu'ils avaient à dépouiller
de leur fruit, ayant la précaution de
séparer les garçons et les filles, afin
qu'il y eût plus d'ordre et d'activité
dans le travail. Clainval, secondé par
Courtois son valet, s'était chargé de
la surveillance des garçons; Elmonde,
aidée par Betzi sa femme de chambre,
avait à surveiller les filles. Le vicomte,
qui s'était réservé le commandement
général, y avait associé madame d'E-
gligny. La vicomtesse et Léonore as-
sortissaient les rubans, et formaient
des cocardes, dont les vendangeurs
avaient montré le désir de se parer;
Madame de Lezignac faisait préparer
la nourriture qu'elle devait leur dis-
tribuer. Cet ordre bien établi était
parfois troublé par Clainval, qui quit-
tait son poste pour aller jouer avec
Elmonde : il était souvent réprimandé

par la comtesse qui lui reprochait de donner un mauvais exemple. Tous les deux s'étaient vêtus à peu près comme l'étaient les vendangeurs, et de temps en temps coupaient avec eux le raisin, voulant par-là les encourager. Madame d'Egligny faisait un choix du plus beau, pour qu'on en servît à table, et qu'on pût en conserver.

L'heure du retour au château étant sonnée, on y revenait dans un joyeux désordre. Les garçons se joignaient aux filles : on chantait, on s'arrêtait pour danser en rond : ces danses s'abrégeaient soit à cause de la fatigue qu'on avait éprouvée au travail, soit parce qu'on avait son appétit à satisfaire. La paye étant faite par l'intendant, les chants, les danses recommençaient. Ils étaient animés surtout par Elmonde et Clainval qui ne voulaient point être distingués autrement. Le vicomte entonnait des chansons bachiques dont les refrains répétés s'entendaient au loin. La vicomtesse paraissait contente de la manière dont on avait rempli la journée, et faisait donner à chacun un grand verre du meilleur vin du cru. Dieu sait avec quel cœur on buvait à sa santé, à celle du maître, à celle de l'honorable compagnie, principalement aux amours de Clainval et d'Elmonde. Cette santé portée faisait murmurer la comtesse et Elmonde; elles tâchaient de faire croire qu'on se trompait sur ce point.

Le lendemain, et les jours suivans, tout alla de même.

Lorsqu'on tira la première cuve, une fête nocturne fut accordée aux vendangeurs, qu'on rassembla dans

une grange spacieuse préparée à cet
effet. Il est inutile de dire toutes les
bruyantes folies auxquelles on se
livra. On peut se les imaginer. Clainval était en Bacchus, Elmonde en
Erigone. Ils mettaient, il faut le dire,
un peu trop de vivacité dans leur jeu.

Le vicomte et les personnes de sa
société, à l'exception pourtant d'Elmonde et Clainval, étaient rentrés
dans leurs appartemens. Elmonde et
Clainval auraient eu trop de peine à
se séparer. Les propos moitié bachiques, moitié érotiques de Clainval,
avaient causé à Elmonde une sorte
d'ivresse. Elle se trouvait un peu indisposée. Ils ne voulaient pas priver
leurs gens du plaisir de rester comme
les autres jusqu'au jour au lieu de la
fête. Depuis quelques instans Bacchus
pressait un peu trop vivement Erigone;

Erigone, faisant un effort sur elle-
même, voulut s'enfuir; Bacchus la
poursuivit, ce qui amusa, mais n'é-
tonna personne; ils étaient dans leurs
rôles. Bacchus arriva presque aussitôt
qu'Erigone au lieu où celle-ci avait
besoin de se reposer et de réparer le
désordre qui, sans qu'elle s'en fût
aperçue, avait été causé dans ses vêtemens. Sa porte restait entr'ouverte;
son indisposition s'accroissant, elle en
craignait les suites; Bacchus pouvait-il
la laisser dans cet état? Du secours était
nécessaire, et il l'offrait avec tant de feu
et de grâces! Un moment de faiblesse
saisit Erigone; Bacchus était entré;
la porte était fermée. Erigone, recon-
naissante des soins de Bacchus, aurait
voulu remercier le dieu bienfaisant
qui la secourait avec tant d'ardeur;
mais ses mots entrecoupés annonçaient

que sa raison était un peu troublée;
ses sens l'étaient davantage. Le dieu
ne pouvait plus contenir les désirs
dont il était oppressé; Erigone ne se
connaissait plus; Saint-Léon n'existait
plus pour elle; mais elle porta les yeux
sur son image, placée au trône où le
dieu allait se voir couronné; à l'instant
toute sa raison est revenue; son feu
s'est éteint : Sortez, sortez, dit-elle à
Clainval, avec une énergie qui ne per-
mettait aucune résistance. Il sortit,
et Elmonde, se jetant à genoux, remercia le Ciel de l'avoir sauvée d'une infidélité qui lui aurait coûté la vie.

Les vendanges touchaient à leur fin;
la bonne vicomtesse avait remarqué,
parmi les vendangeurs, un jeune garçon et une fille qui ne s'étaient point
quittés, et qui paraissaient épris l'un
de l'autre. Ils avaient un air si inté-

ressant! leurs traits offraient tant de
douceur et de modestie! ils avaient
montré tant de sobriété aux repas et
de modération dans les jeux! comment
les voir sans être tenté de leur accorder quelque faveur particulière? La
jolie Édeline les tira à l'écart, et les
interrogea. Elle apprit que, fils d'hon-
nêtes paysans, ils avaient été contra-
riés dans leurs amours, parce que le
père de Blaise (c'était le nom du jeune
garçon) avait un peu plus de terrain
e le père de Lise (c'était le nom de
la jeune fille), que Lise avait fait
consentir son père à la laisser aller
en vendange, et que Blaise, prétextant
l'envie qu'il avait d'aller passer quelque temps chez un oncle qui désirait
le voir, avait été réjoindre Lise.

Aussitôt il vint dans l'esprit de la
vicomtesse de terminer les vendanges

par un mariage. Elle annonça son intention, et promit à ce sujet une nouvelle fête. Tout le monde se réjouit
de cette annonce, qui fit tant de plaisir
au vicomte qu'il embrassa son Edeline
à plusieurs reprises. Elle n'eut pas de
peine à obtenir le consentement des
père et mère. Le mariage eut lieu :
les jeunes époux reçurent de la vicom
tesse une dot que tous les habitans du
château accrurent de leurs dons. On
recommença les divertissemens ; mai
cette fois Elmonde fut plus sage.

CHAPITRE III.

L'automne.

QUOIQUE la comtesse d'Egligny et Léonore de Murer eussent gardé à Elmonde le secret promis sur ce qui pouvait attirer sur elle plus de considération, elle avait toujours été particulièrement distinguée. Elle avait dû cet avantage à l'air de noblesse qui, dans ses traits, se joignait à l'éclat de sa beauté, à son excellent ton qui annonçait une éducation peu commune, enfin à ces aimables qualités dont le pouvoir est attractif. On avait toujours été à l'aise et pour ainsi dire familier avec elle, on continua d'être de même lorsqu'on

connut l'élévation de son rang, et elle
ne vit au château du vicomte aucun
changement dans la manière dont on
agissait avec elle, ce qui lui fit d'autant plus de plaisir que toute espèce
de gêne lui était insupportable. On
continua de la nommer Elmonde. Il
n'y eut que madame de Lezignac qui
prit avec elle un ton presque respectueux, dont elle ne fut point fâchée, parce que cette dame avait peu
le don de lui plaire ; cependant, par
égard pour sa liaison avec la comtesse,
elle ne lui montrait pas d'éloignement;
elle lui avait même promis de répondre à l'invitation qu'elle en avait reçue
plusieurs fois d'honorer ses soirées de
sa présence lorsqu'elles seraient de
retour à Paris. Madame de Lezignac,
sachant qu'Elmonde avait renoncé aux
jeux qui exposaient à trop de pertes,

lui avait observé que dans ces rendez-
vous de ce que la cour et la ville avaient
de gens du meilleur ton, le jeu n'était
point obligé.

L'automne menaçait de la privation
des jouissances qu'on recherche à la
campagne ; les arbres se dépouillaient,
le froid se faisait sentir. Quoique la
société du vicomte fût devenue, après
les vendanges, plus nombreuse et plus
animée, les personnes qui habitaient
les châteaux voisins, chassées pour
ainsi dire de chez elles, par le défaut d'occupation, venant fréquemment s'y joindre, on ne se disposa pas
moins à retourner à Paris.

Madame de Crancey fit de même
ses préparatifs de départ. Elle reçut la
visite qu'Elmonde croyait lui devoir
particulièrement, avec le ton affec-
tueux qu'elle lui avait montré la der-

nière fois qu'elle avait été à la Boissière.
Par considération pour la liaison qui
avait lieu entre elle et son fils, elle ne
pouvait se borner avec elle au froid langage de la politesse. Elle l'entretint
même de Saint - Léon, dont depuis
peu l'une et l'autre avaient reçu des
lettres : il n'avait rien marqué qui
pût les intéresser beaucoup, sinon
que le baron, qui tombait de temps à
autre dans des crises effrayantes, se
méprenant au sentiment d'amitié qui
liait son neveu et sa nièce, espérait
les voir s'unir avant sa mort, et leur
déclarait encore que s'ils ne rompaient
les engagemens qu'ils disaient avoir
antérieurement contractés, et qui ne
lui paraissaient point obligatoires, ils
seraient privés, par son testament, de
ce que la loi et sa bienveillance leur
réservaient.

Durozel avait tenu fidèle compagnie à madame de Crancey. Il avait remplacé Saint-Léon dans tous les soins de la récolte, et avait profité du peu de temps que ces soins lui avaient laissé pour aller à la chasse avec le vicomte. On l'avait peu vu à la société du château. Le vicomte et lui quittaient à regret la campagne.

Tous partirent en même temps, et furent reprendre à Paris les habitudes des gens du monde.

Madame d'Egligny, qui connaissait l'intention où étaient Elmonde et Saint-Léon de s'unir par les liens du mariage, lorsque tous les deux seraient de retour à Paris, fit consentir Elmonde à rester encore chez elle jusqu'à ce que son désir fût rempli. Léonore avait annoncé qu'elle ne tarderait pas à retourner à Dusseldorf.

Elle n'avait point trouvé à Paris un être plus aimant que le colonel Bintham, dont elle avait souvent reçu des lettres.

~~~~~~~~~~~~~~~~~~~~~~~~~~~~~~~~~~

CHAPITRE IV.

Le retour.

LES premiers jours qui suivirent le
retour à Paris, furent consacrés aux
visites et aux spectacles. Les personnes
qui avaient vu Elmonde avant son départ pour la campagne, parurent en-
chantées de la revoir. On ne parlait
qu'avec une sorte de ravissement de
la beauté, des grâces de madame la
baronne allemande ; elle ne pouvait
répondre à toutes les invitations qui
lui étaient faites. Malgré tous ces em-
pressemens, on remarquait chez elle
des signes de l'ennui que lui causait la
longue absence de Saint-Léon.

Léonore, chagrine d'être encore plus négligée qu'elle ne l'avait été lorsqu'on la croyait d'un rang supérieur à celui d'Elmonde, avait quitté l'hôtel de la comtesse d'Egligny pour passer avec madame de Morange le peu de temps qu'elle voulait rester à Paris. De vifs reproches qu'elle avait faits à Elmonde, avaient été suivis d'une sorte de rupture entre elles. Elles se voyaient rarement. Léonore tâchait toujours, par de malins propos, d'affaiblir l'impression que sa cousine faisait sur les esprits.

Dans leurs correspondances nos amans étaient convenus que leur mariage aurait lieu dès qu'ils seraient délivrés du tourment de cette cruelle absence que nécessitait un devoir sacré.

Il entrait dans les vues d'Elmonde d'acquérir une petite maison de cam-

pagne dans les environs de Paris. Du
moment où cette acquisition aurait
lieu, elle serait moins étrangère dans
cette France qu'elle préférait au pays
où elle était née ; mais pour faire cette
acquisition, il lui fallait des fonds, et
son intendant n'était point en mesure
pour lui en envoyer de nouveaux. Elle
se détermina donc à lui adresser une
procuration à l'effet de vendre quel-
ques-uns de ses immeubles qui n'é-
taient point grevés. Une partie de ses
biens l'était déjà.

Elle avait été voir madame de Crancey, et en avait été bien accueillie.
Saint-Léon avait écrit à sa mère que
s'il ne possédait Elmonde, la vie lui serait insupportable. Il se flattait qu'avec
l'empire qu'il avait sur le cœur et l'esprit de son amie, il parviendrait à lui
faire perdre insensiblement ses airs lé-

gers, sa fausse coquetterie, et cette
apparence de frivolité qu'il savait
n'être pas dans son caractère. Quant
à ses goûts de dissipation, ils céde-
raient aux nouvelles habitudes qu'il
lui ferait prendre. Il se proposait aussi
de mettre les affaires de la baronne
dans un meilleur ordre, et d'employer
tous les moyens possibles pour terminer un procès dont l'issue d'ailleurs
l'inquiétait peu : moins de fortune ne
l'empêcherait pas d'être heureux avec
Elmonde. Madame de Crancey aurait
craint, en opposant trop son opinion
au désir de son fils, de lui causer une
peine infructueuse ; car elle savait
qu'il était invariable dans ses résolutions, et fût-il en son pouvoir de faire
manquer ce mariage, quels reproches
n'aurait - elle pas à se faire si son fils
devait traîner ses jours dans de longs

regrets et de profonds chagrins ? Elle prit donc le parti de laisser aller les choses. Malheureusement Dolainville, dont la prudence avait été souvent utile à Saint-Léon, n'était pas à Paris. Il s'était marié, et avait été en Provence passer quelque temps dans la famille à laquelle il s'était allié.

Elmonde ne put refuser à la comtesse de l'accompagner à des soirées chez madame de Lezignac. Ces soirées avaient lieu le mardi et le samedi. Le mardi, il y avait jeu et bal ; le samedi, on ne se livrait qu'au jeu. Elmonde trouva là une société brillante. Dès qu'elle parut, elle causa une vive sensation, et, soit par l'effet de ses charmes, soit en employant ce jeu de coquetterie auquel elle n'avait pas encore renoncé, elle obtint tout ce qu'une belle étrangère peut attendre

de la galanterie française. Elle dansa,
et avec tant de légèreté, avec des mouvemens si gracieux, qu'on était tenté
d'applaudir, comme si on eût été dans
un spectacle public. Son air de modestie, lorsquelle répondait aux complimens, la faisait encore paraître plus
aimable. Le marquis de Clainval, depuis la scène bachique qui, à la Boissière, s'était terminée d'une manière
peu propre à encourager de nouvelles
tentatives, avait affecté de ne plus lui
rendre les mêmes soins, croyant par-là
piquer son amour propre; mais Elmonde, qui ne se trompait guère au jugement de ce qu'on sentait pour elle, le
regardait d'un air ironique, et paraissait n'attacher à lui aucune importance.
La voyant entourée d'adorateurs, il
pensa qu'il perdrait trop à ne point se
mettre du nombre. Il s'offrit plus

d'une fois pour la danse, mais il se
trouvait toujours quelque circonstance
qui éloignait son tour. Elmonde mettait dans cette espiéglerie assez de
finesse pour qu'il ne pût lui faire de
reproches. Enfin ce tour arriva. Elmonde reçut sa main avec l'air de
l'indifférence, comme si elle l'eût peu
connu, et mit dans sa danse une né-
gligence remarquable. On la voyait
aller de la danse au jeu, et du jeu à la
danse. Madame de Lezignac ne la pressait point de prendre des cartes; mais
d'autres personnes qui connaissaient
son goût, lui montraient le désir de la
voir à une table d'écarté. A les entendre, elle serait-là comme une reine
sur son trône. Elle s'y refusa, mais
non sans peine.

Elle s'était attachée à regarder le
jeu d'une dame qu'on appelait ma-

dame de Romancé; elle n'était point contente de la manière de jouer de cette dame, qui, malgré ses fautes, faisait le plus de levées, et gagnait. L'or brillait sur la table. Clainval offrait de se mettre de moitié; Elmonde résista à toutes les séductions. Elle n'avait besoin pour cela que de repasser dans sa mémoire ce que Saint-Léon lui avait marqué des dangers du jeu. A la vérité, c'était un grand sacrifice qu'elle faisait à la raison de son ami. Ses regrets étaient vifs : une walse avec Clainval les dissipa.

Lorsque Madame de Romancé eut quitté son jeu, qui lui avait été très-favorable, Elmonde s'approcha d'elle, et lui adressa quelques mots sur la partie qu'elle venait de faire. Madame de Romancé, qui désirait beaucoup se lier avec Elmonde, profita de cette occasion, et lui fit une réponse qui, pour être bien comprise, demandait une explication. Elle l'attira dans l'embrasure d'une croisée. Elmonde lui fit reconnaître une faute sans laquelle elle aurait gagné un coup important. Madame de Romancé, après avoir causé un peu de l'écarté, l'entretint familièrement d'autres choses, et lui témoigna le plaisir qu'elle aurait à la recevoir à sa petite maison de Clignancourt, située au bas de la butte Montmartre. Elmonde apprit d'elle qu'il y avait dans son voisinage de jolies maisons à vendre : elle accepta le dîné qu'elle lui offrit pour le dimanche suivant.

Madame de Romancé passait pour avoir de l'esprit et de la finesse : elle y joignait beaucoup d'usage; un observateur pouvait lire sur sa figure qu'elle avait eu les passions vives. Son mari,

officier supérieur, était, avec le corps
qu'il commandait, près de la frontière.
Elle avait été fort dissipée; mais le
temps des grandes erreurs était passé
pour elle. On lui attribuait de la conduite, et elle mettait au jeu beaucoup
de modération.

———

~~~~~~

CHAPITRE V.

Nouvelle Connaissance.

NOTRE héroïne ne manqua point de répondre à l'invitation de madame de Romancé. A peine Franck eut-il donné un coup de marteau à la porte de cette dame, que des chiens aboyèrent de toutes leurs forces. Lorsqu'un domestique eut ouvert, Elmonde fut effrayée à la vue de gros dogues qui, sortant de leurs loges, paraissaient prêts à rompre leurs chaînes et à se jeter sur elle. En entrant dans la chambre où elle venait d'être annoncée, elle trouva madame de Romancé toute occupée à arranger

des cartes. — Je reconnais bien là
une joueuse, dit Elmonde du même
ton familier que la dame avait pris
avec elle chez madame de Lezignac.
Aussitôt qu'elles se furent embrassées,
madame de Romancé se défendit d'être
joueuse par caractère, et offrant un
siége à Elmonde.—Je m'amuse, dit-
elle; il faut bien tuer le temps qui paraît bien long quand on n'a plus cette
fleur de jeunesse qui brille sur votre
joli visage. — Oh, vous allez aussi me
faire des complimens; je ne vous les
rendrai pas, quoique tout ce que je
vois d'aimable en vous me les rendrait
faciles. Parlons du jeu, puisque c'est
au jeu que je suis redevable d'une
connaissance aussi agréable que la
vôtre. S'il n'est pour vous qu'un amusement, pourquoi l'intéressez - vous
par tout l'argent que je vous ai vu y

mettre? — J'étais en gain lorsque vous êtes venue près de moi, sans cela vous m'auriez vu jouer petit jeu. — Vous savez donc vous modérer ? — Sans doute, et je n'ai jamais couru le risque de perdre que le premier écu que j'ai joué. — Je ne vous conçois pas ; expliquez-vous.—N'étant point d'humeur à livrer au hasard ce que je possède, ce n'est que par caprice que j'ai joué une fois : j'ai gagné ; j'ai joué le lendemain, et j'ai encore gagné : alors j'ai commencé le petit livret que je vais vous faire voir. Elle fut chercher des tablettes couvertes d'un maroquin vert, et en fit parcourir les pages à Elmonde, qui reconnut en effet que, presqu'à chacune, le gain surpassait la perte.—Cela m'étonne d'autant plus, dit Elmonde, qu'honnête comme vous l'êtes, on ne peut vous soupçonner de tromper au jeu, ni d'être pour cela d'intelligence avec des joueurs.

— Rien de plus simple que ma manière, dit madame de Romancé : je ne porte au jeu qu'une faible somme prise sur mes bénéfices antérieurs que j'ai soin de mettre en réserve, et observez que lorsque j'ai joué la première fois à l'écarté, j'étais déterminée à renoncer à ce jeu, si j'eusse perdu ce que j'avais gagné ; mais j'ai un grand avantage sur la plupart des joueurs : si je perds, je ne m'entête point, je joue la même somme ; si je gagne, je me prête à la faiblesse des joueurs qui, lorsqu'ils perdent, doublent et triplent leur mise. J'ai encore sur eux l'avantage de mieux me posséder. Ainsi je peux gagner beaucoup, et je ne peux perdre que le

peu d'argent que j'ai pris, comme
je viens de vous le dire, sur mes
gains antérieurs. Ajoutez à cela que,
soit dit sans amour propre, je joue
-assez bien.

— Je ne m'en suis point aperçue ;
au contraire, je vous ai vu faire la
faute la plus impardonnable, et je
vous l'ai reprochée.

— A vous dire vrai, c'est vous,
ma chère, qui en avez été la cause ;
vous m'avez singulièrement distraite,
et à un jeu intéressé il ne faut pas
l'être ; malgré cela j'ai gagné. Que de
joueurs sont inhabiles ! et que de fem-
mens jouent comme des folles, sans
application !

—Et vous profitez de cette inhabi-
leté, de ces extravagances ? Ah, madame, cela n'est pas bien.

Madame de Romancé, feignant un

peu de honte: — Ce n'est assurément
point dans l'intention d'en profiter que
je joue. C'est, je vous l'ai dit, par
simple amusement. Faudrait-il se
mettre en retraite, se vouer à l'ennui,
dans la crainte qu'en se livrant à ses
goûts dans la société, on n'y fît sentir sa
supériorité à des sots ou à des impru-
dens? Et combien d'heureux dans la vie
ne doivent qu'à ceux-ci les avantages
qu'ils acquièrent même sans les chercher! Elmonde ne parut pas s'apercevoir de ce qu'il y avait de reprochable
dans le discours de la dame. — Pour
moi, dit-elle, j'ai, il y a quelque temps,
joué un peu et beaucoup perdu à l'é-
carté : je n'y jouerai plus. — Vous
ne jouerez plus! quelle folie! et que
faire aujourd'hui en société si on n'y
joue point? Vous êtes riche, vous
êtes libre, je ne vois pas ce qui peut

vous faire renoncer à un jeu que je sais que vous aimez et que vous jouez avec autant de grâces que de talent.

— Que voulez-vous? on m'a effrayée par le tableau des désordres dans lesquels le jeu entraîne; on m'a fait sonder la profondeur du précipice dans lequel on m'a assuré que tombaient presque tous les joueurs.

— Mais vous êtes trop raisonnable pour que vous ayez cette passion du jeu qui ne s'éteint que par la ruine, ou par de sanglantes catastrophes.

— Il est vrai, le jeu ne peut jamais être pour moi autre chose qu'un jeu : je me sens assez de force de caractère pour me contenir dans la perte. Mais enfin j'ai promis....

— Et à qui, s'il vous plaît ? Par-

don, ma chère, mais vous m'avez inspiré un véritable intérêt; je suis fachée
de voir que vous vous donnez un ridicule Dans l'état d'indépendance où vous
vous trouvez, qui peut vous avoir mis
dans l'obligation de vous priver d'un
amusement si simple, et qui pour
vous est sans danger ? Il n'y aurait
qu'un mari jaloux, avare; encore!
(s'interrompant.) Ah, mon Dieu,
j'oubliais; on m'a parlé d'un de vos
courtisans, un jeune philosophe, bien
langoureux, bien sentimental, roucou
lant comme un tourtereau, avec qui
vous alliez soupirer à l'ombre des ver-
gers, ou dans l'épaisseur d'un bois.—
Je vous en prie, madame, parlez avec
moins d'ironie d'un homme de mérite,
qui me recherche en mariage. —
Comment, mais cela est sérieux ; eh,
que dirait - on dans le monde si on

savait que pour vous faire sa cour, il a commencé par vous faire renoncer aux jeux de société; car je ne doute point que ce ne soit lui... — Oui, madame, c'est lui qui, sans rien exiger, m'a donné des conseils. — Eh bien, moi, qui suis incapable de vous en donner de mauvais, je crois que vous ferez bien de suivre votre goût, car enfin entre amans il ne doit y avoir aucune gêne; la liberté doit être pour l'un comme pour l'autre, et celui des deux qui, en ayant seulement l'air de donner un conseil, se ferait faire par l'autre le sacrifice d'un plaisir, autoriserait à craindre qu'il ne devînt trop exigeant après le mariage.

Elmonde avait déjà fait cette réflexion. Elle ne s'était point sentie, chez madame de Lezignac, aussi libre que l'étaient les autres dames, et elle était fâchée d'y donner lieu à de malins commentaires. Cependant que penserait, que dirait Saint-Léon s'il venait à savoir qu'elle a été vue dans un cercle nombreux, jouant à ce jeu, le seul qu'elle aimât et celui qui donnait le plus de crainte à son ami? Madame de Romancé tâcha de lever ses scrupules, et lui parla d'une dame de Saint - Ange, dont elle connaissait l'honnêteté, l'ayant peu quittée depuis son enfance, et chez laquelle se rassemblaient presque tous les soirs des banquiers, des négocians, avec leurs épouses. Quelques vieux militaires d'un nom distingué s'y joignaient. On y jouait, comme dans toutes les bonnes maisons, des jeux de société. Présentée par elle, il lui serait fait le meilleur accueil. Là elle serait moins assujettie à la représentation que chez

madame de Lezignac ; elle s'appellerait
seulement madame d'Alkolf. La maison de madame de Lezignac étant
près des Invalides, celle de madame
de Saint-Ange étant au haut du fau-
bourg Montmartre, il n'y avait pas
d'apparence qu'on vît chez celle-ci des
personnes de l'autre société : son mo-
raliste ne serait donc pas instruit de
la grande faute qu'elle aurait commise, en tenant un moment les cartes.

Elmonde promit de profiter quelquefois de l'offre de madame de Romancé. Elle eut ensuite un peu de
regrets de se voir avec elle dans une
sorte d'intimité, apprenant d'elle-même
que la maison où elles se trouvaient
était un des produits du jeu. Madame
de Romancé, en lui faisant cette
confidence, lui recommanda le secret. De pareils avantages n'avaient

point encore tenté l'ambition d'Elmonde.

Le commencement de l'hiver avait
enlevé à la petite maison les agrémens
que lui donnaient la vue sur toute la
plaine Saint-Denis, et un jardin bien
cultivé, à l'extrémité duquel était une
tonnelle dont l'ombre, disait madame
de Romancé, ne protégeait plus que les
rendez-vous de l'amitié. Ces dames
étaient dans un pavillon qui dominait
le jardin, lorsque Elmonde remarqua
une maison de belle apparence sur la
pente de la montagne de Montmartre.
Cette maison vous appartiendra si vous
la voulez, dit madame de Romancé;
elle est à vendre. — Allons la visiter,
dit Elmonde. Elle y trouva tous les
avantages et les agrémens qu'elle pouvait désirer.

La maison, de forme carrée, avait à

deux de ses angles de petites tourelles,
et à sa partie supérieure un belvéder
d'où l'œil, s'étendant bien au-delà de
la plaine, s'égarait dans un vaste hori-
zon. Le petit bois qui l'entourait était
enclos de murs.

—Voilà une maison qui me convient
beaucoup, dit Elmonde. Je remplace-
rai ces vieux meubles par des meubles
à la mode ; je ferai faire des réparations
et des embellissemens ; l'hiver n'empêchera point les travaux : je suis pres-
sée de jouir ; je veux au printemps recevoir dans cet ermitage celui qui autant que le soleil doit me ramener les
beaux jours. Il me tarde de voir le propriétaire. —Vous le verrez aujour-
d'hui même, dit madame de Romancé ; il doit faire partie des personnes
qui viendront passer la soirée chez
moi. Vous êtes la seule que j'aie invi-

tée à dîner, voulant causer librement
avec vous.

Les personnes qui vinrent après le
dîné parurent à Elmonde tous gens de
bonne compagnie. La soirée se passa
très-agréablement pour elle. Le petit
soupé qui la termina, et auquel il n'y
eut qu'un petit nombre de convives,
fut très-gai. Elmonde se félicita d'avoir
fait dans madame de Romancé une
bonne connaissance. Le propriétaire
de la maison visitée profita de la disposition dans laquelle se trouvait notre
héroïne. Le traité se fit en peu de
mots, avec la condition d'une forte
somme en cas de dédit.

La nuit était avancée lorsque Elmonde, après avoir entendu vingt
fois madame de Romancé se réjouir
d'avoir une aussi aimable voisine,
monta dans sa voiture ; mais, arrivée

à Paris, elle reçut les plus vifs reproches de la comtesse, pour l'inquiétude qu'elle lui avait donnée, n'étant
point encore rentrée chez elle aussi
tard.

~~~~~~

CHAPITRE VI.

L'horison s'obscurcit.

En faisant connaître les événemens qui dans un court espace de temps ont entièrement changé la fortune et le caractère de notre héroïne, nous épargnerons à nos lecteurs, autant qu'il nous sera possible, des détails qui ne pourraient qu'affliger davantage ceux d'entre eux qui se sont véritablement intéressés à son sort.

Introduite par madame de Romancé chez madame de St.-Ange, son amour propre avait été extrêmement flatté de

l'accueil distingué qu'elle y avait reçu.
La société n'y était pas d'un aussi bon
ton qu'elle l'était chez madame de Lezignac ; les titres n'y étaient pas aussi
imposans, mais la richesse y brillait
davantage dans les appartemens et
dans la parure des dames. Le cœur
d'Elmonde s'était dilaté lorsqu'elle
avait pris les cartes à son jeu favori.
Les succès qu'elle y eut, et les éloges
qui lui furent prodigués, lui procu-
rèrent une double jouissance. Rentrée
chez elle, à l'exemple de madame de
Romancé, elle avait commencé un
joli livret ayant deux colonnes, l'une
pour le gain, l'autre pour la perte.
Charmée à la vue de la première, elle
espérait réparer ses pertes antérieures ;
mais après quelques semaines, voyant
la fatale colonne surchargée, dans sa
noire humeur, elle en avait lacéré les

feuillets. Comme étonnée de ce que le
sort avait encore osé lui résister, elle
avait voulu lui faire violence. Son impatience était remarquable lorsque son
attente avait été trompée, ses mises
s'accroissaient considérablement : devenue incapable de modération,
jouant mal et jouant toujours, ne
cédant à aucun conseil, elle avait fini
par perdre non-seulement tout l'argent qui lui avait été envoyé de Dusseldorf, sur ses demandes réitérées,
mais presqu'entièrement celui qu'elle
avait emprunté au banquier Delorme,
dont nous avons ci-devant parlé. N'é-
tait-elle point victime de quelque
perfidie ? car on sait qu'à l'écarté, des
fripons peuvent, par des signes, faire
connaître à un joueur les cartes de
son adversaire ; on sait aussi qu'on
peut faire sauter un jeu, et en substi-

tuer un autre dont les cartes seraient
marquées. Il y a sans doute d'autres
manières de tromper à ce jeu ; à cet
égard nous ne pouvons rien dire à nos
lecteurs.

Le juif, comme on peut le croire,
avait fait souscrire à Elmonde des
billets dans lesquels de forts intérêts
étaient compris. Elle avait payé partie
du prix de la maison de Clignancourt,
mais elle était en retard de paiement
pour un des termes du traité. A
l'échéance d'un de ses billets à Delorme, elle lui avait demandé quelque
délai, et celui-ci, en le refusant, s'était
mis en règle pour la poursuite : elle
avait à remplir d'autres engagemens,
et il s'en fallait de beaucoup qu'elle
en eût la faculté ; les tapissiers qui
avaient fourni l'ameublement de ce
qu'elle avait nommé son Paradis, de-

venaient pressans ; les ouvriers qui
avaient travaillé aux réparations et
aux embellissemens réclamaient leurs
salaires ; des fournisseurs de tout
genre l'obsédaient chaque jour. Son
embarras dans une position à laquelle
rien ne l'avait préparée, en se mani-
festant, accroissait l'inquiétude de ses
créanciers. Cependant sa fierté ne cé-
dait point aux humiliations ; son cœur
souffrait, mais le courage ne l'aban-
donnait point. Elle avait envoyé à Dusseldorf des pouvoirs pour qu'on mît
en vente tout se qu'elle y possédait,
en annonçant qu'elle établissait son
domicile à Paris.

Tout le soin qu'elle avait pris pour
que ses connaissances ignorassent ses
nouvelles habitudes, était devenu à
peu près inutile. Tant qu'elle avait
demeuré chez la comtesse d'Egligny,

elle avait continué d'aller avec elle,
aux soirées de madame de Lezignac,
et en n'y jouant pas, elle avait voulu
paraître entièrement dégoûtée de l'é-
carté; Saint-Léon, dans une de ses
lettres, l'avait déja complimentée sur
son renoncement au jeu; mais, grâces
à des langues malveillantes ou seulement indiscrètes, on sut chez madame de Lezignac qu'elle se dédomma-
geait amplement ailleurs de sa privation; on parlait même de ses pertes,
et la comtesse avait pu s'apercevoir
qu'elle était fort endettée. Elmonde,
qui aimait par dessus tout sa liberté,
avait saisi la circonstance d'une con-
testation un peu vive pour s'en séparer. Elle avait loué un bel appartement à la chaussée d'Antin, en disant
que c'était en attendant qu'elle pût
occuper sa maison de Clignancourt;

elle y avait fait transporter de beaux
meubles qu'elle avait achetés comme
les autres, en partie à crédit. La réputation qu'elle avait d'une femme
considérablement riche avait inspiré
une confiance dont elle n'avait point
eu l'idée d'abuser. Elle ne doutait
point qu'elle ne pût remplir ses engagemens. Léonore de Murer était re-
tournée à son vieux château.

L'oncle de Saint-Léon venait de
mourir. On n'avait point trouvé de
testament : le généreux héritier avait
fait accepter à Eliane une part dans la
succession. Il avait écrit à Elmonde
que des affaires à régler avec des banquiers de Naples chez lesquels son
oncle avait placé des fonds, prolonge-
raient encore son absence ; qu'il irait
à Naples avec Eliane, qu'il la condui-
rait ensuite à Lyon, où il assisterait à

son mariage, qu'enfin il reviendrait à
Paris se réunir pour toujours à son
Elmonde ; mais Elmonde s'était bien
gardée de l'instruire de ses déplorables
aventures : ne devaient-elles pas être
un obstacle insurmontable à leur
union ? et Saint-Léon ne lui avait-il
pas fait pressentir leur séparation s'il
la savait irrémédiablement possédée
de la passion du jeu ? Quant à la fortune, elle pensait que ses biens ven-
dus, et ses dettes acquittées, il lui en
resterait assez pour que sa dot satisfît
un homme aussi désintéressé que l'é-
tait Saint-Léon ; mais rien ne lui paraissait assuré ; son esprit s'égarait
dans ses conjectures et ses craintes.

Elle instruisit la comtesse Louise
de ses fautes, de ses malheurs,
de sa position. Sa lettre, impré-
gnée de tristesse, contrastait singu-

lièrement avec le ton de celles qué jusque-là elle avait adressées à son amie.

«Je ne suis plus, lui disait-elle, cette femme vive, gaie, insouciante, s'occupant peu d'affaires d'argent et beaucoup de celles de plaisir. Les traits de ma figure sont changés comme le sont mes habitudes et mes pensées. Je ne ris plus; on m'embarrasse quand on me parle, on m'importune quand on vient me voir. » Elle aurait pu ajouter, excepté le marquis de Clainval. Il s'était toujours empressé à lui rendre des soins, à lui offrir ses services; il l'avait aidée dans ce qu'exigeaient de soins et de surveillance les réparations de la maison de Clignancourt, et les ameublemens; mais lorsqu'elle eut quitté madame d'Egligny, elle avait exigé qu'il ne vînt la voir que rare-

ment, et s'était refusée à ce qu'il la
conduisît dans une autre société que
celle de madame de Lezignac. Elle
avait surtout apporté la plus grande
attention à ce qu'il ne sût point la
maison où elle était attirée par le jeu;
mais elle ne faisait rien qu'il n'en fût
instruit; il était pour cela d'intelligence avec Betzi sa femme de chambre.
On verra par la suite ce que fit celle-ci
pour servir les desseins du marquis
auprès d'Elmonde. Il avait gardé le
silence sur ce qu'il savait d'elle; il connaissait l'état dans lequel ses pertes
l'avaient mise, mais il avait en vain
tâché d'obtenir d'elle des confidences
dont il croyait qu'il aurait pu profiter en lui offrant tout ce qui dépen-
dait de lui : pour qu'elle se fût entièrement confiée à lui, il aurait fallu

que le cœur eût eu une plus grande
part dans leur liaison.

Elmonde fut quelque temps sans
paraître dans aucune société ; elle fit
croire quelle était indisposée.

~~~~~~

CHAPITRE VII.

Peine et consolation.

LA comtesse Louise de Wilmar, dans ses réponses aux lettres d'Elmonde, lui avait fait de vifs reproches sur ses imprudences : elle lui avait observé en dernier lieu que son amour seul pour Saint-Léon aurait dû lui faire faire le sacrifice de son goût pour le jeu : elle la blâmait fortement de n'avoir point assez ménagé l'amourpropre et la sensibilité de Léonore, qui se vengeait d'elle en faisant courir dans Dusseldorf de très-mauvais bruits sur son compte ; elle était très-fâchée de sa rupture avec la comtesse d'Egli-

gny , et surtout de sa liaison avec une
femme qui lui semblait être de pro-
bité et de mœurs équivoques ; elle ne
pouvait concevoir qu'elle eût pris des
habitudes de jeu dans cette maison
où elle avait dégradé son rang , et
peut-être englouti le reste de sa fortune : suivant ce qu'elle avait appris,
même de son intendant , elle semblait
être à la veille de perdre son procès. Son
absence, qu'elle lui avait conseillé d'a-
bréger, lui deviendrait plus funeste,
si elle se prolongeait encore. A son
avis elle ne pouvait rien faire de mieux
que de revenir à Dusseldorf, après
avoir appliqué au paiement de ses
dettes des fonds que M. Gramm allait
se procurer par de promptes ventes,
et après avoir cédé elle-même ce
qu'elle avait si imprudemment acquis:
il importait à sa réputation qu'elle

quittât honorablement un séjour qui
lui avait été si fatal ; elle l'engageait
surtout à ne rien cacher à Saint-Léon
de ses faiblesses, de ses pertes et de
la misérable situation où elle se trouvait. Si, d'après la franchise de ces
aveux, son amant était tel qu'elle le
lui avait dépeint, il n'y avait pas de
doute qu'il ne vînt la rejoindre ; enfin
si, ce qu'on pouvait craindre, sa ruine
était complète, elle lui offrait un asile
ou chez elle à Dusseldorf, ou dans la
terre qu'elle possédait à peu de distance de cette ville.

Cette lettre affecta péniblement Elmonde ; elle y reconnaissait le vrai caractère de l'amitié, et cette force de
raison que la comtesse Louise avait su
concilier avec son goût pour les plaisirs. Elle ne savait quel parti prendre.
Pouvait-elle en embrasser un sans sa-

voir celui que prendrait Saint-Léon?
En lui exposant les malheurs qui
avaient suivi le tort impardonnable
d'avoir négligé, d'avoir même paru
dédaigner ses conseils, elle allait na-
vrer son cœur, et elle allait elle-même
lui donner un prétexte de se dégager
de la foi qu'il lui avait promise souvent. Des mouvemens jaloux étaient
venus la surprendre. Comtois, valet
du marquis de Clainval, lié avec Joseph, valet de Saint-Léon, et correspondant avec lui, avait donné à entendre à Betzi, d'après une lettre qu'il
avait reçue, que ce n'était pas seulement une liaison d'amitié qui s'était
formée entre Saint-Léon et Eliane, et
Betzi en avait parlé à sa maîtresse.
Quel besoin, se disait Elmonde, avait
Eliane de retarder son retour à Lyon,
où son amour pour le jeune magistrat

devait la presser de revenir? Saint-
Léon ne suffisait-il pas pour aller régler à Naples des affaires d'intérêt?
N'était-il pas évident que l'oncle ne
s'était pas trompé en pensant que l'habitude de se voir, rendrait bien difficile la séparation de deux êtres aussi
aimables que l'étaient son neveu et sa
nièce? Saint-Léon, dans sa correspondance, ne se montrait pas aussi épris
d'elle qu'il avait paru l'être dans leur
séjour à la campagne. Quels cœurs,
au surplus, ne se refroidiraient pas
à des aveux tels que ceux dont son
amie lui donnait le conseil : ces aveux
cependant lui semblaient nécessaires;
mais avant tout elle désira éclaircir ce
que Betzi lui avait rapporté, comme
le tenant du valet de Clainval. La liaison familière de Comtois avec sa femme de chambre lui faisait croire qu'elle

pourrait avoir la communication de la
lettre dont il s'agissait. Elle ne se fit
pas un scrupule de mettre un prix
d'argent à cette communication. Elle
l'obtint ; la lettre portait :

« Mon maître n'a pas eu de peine
à se consoler de l'absence de sa baronne.
Il est amoureux fou d'Eliane, dont je
t'ai déjà parlé. Il a, ma foi, raison ; elle
est plus jeune et plus jolie que cette
coquette d'Elmonde. Il lui a donné
une bonne part dans la succession de son
oncle, et chaque jour il lui fait de riches cadeaux. Il tâche de la détourner
d'un mariage qu'une tante qui est à
Lyon veut lui faire faire. Elle est à
moitié gagnée. Il cède à tous ses caprices. Elle lui a montré l'envie de
voir la belle ville de Naples, et voilà
aussitôt le voyage arrêté. Nous ne
sommes pas prêts à retourner à Paris.

» On a écrit à mon maître que sa
baronne se ruinait au jeu. Tant pis
pour elle, a-t-il dit, je lui avais pourtant donné de bons conseils. Néan-
moins il la plaint; on voit qu'elle
lui tient encore au cœur, et je crois
que s'il n'avait pas vu son Eliane, il
l'aurait épousée. »

Elmonde, à la lecture de cette
lettre, tomba sans connaissance; Betzi
eut beaucoup de peine à la faire revenir de son évanouissement. On lui
apporta dans ce moment une lettre de
Saint-Léon. Elle la lut.

« Je suis instruit, lui disait-il, de
ce que vous avez fait, de ce qui vous
est arrivé depuis quelque temps : si
je l'avais appris de vous-même, j'en aurais senti moins de peine. Quel dommage qu'une manie honteuse vous ait
fait ternir vos aimables et estimables

qualités ! j'aime à croire que votre cœur n'a eu aucune part à vos égaremens ; quelle qu'en soit la suite, comptez sur ma fortune, sur mon vif intérêt, mais non sur des sentimens aussi doux que ceux que vous m'aviez inspirés.

» L'étude et l'épreuve de mon caractère ont dû vous le faire connaître: vous avez pu vous convaincre que je ne suis susceptible ni d'un faux orgueil, ni de jalousie ; je ne donne à l'opinion que ce que la raison veut qu'on lui accorde, mais je dois désirer que la considération s'attache à l'objet de mon culte, et je suis incapable de garder plus d'amour que je n'en inspire. Que celui qui, aujourd'hui, paraît avoir pris sur vous plus d'empire que je n'en ai eu, en tire de l'avantage dans la société, je ne le lui

envie point : le bonheur que je m'é-
tais promis avec vous n'aurait pas eu
besoin de tant d'éclat. Si, d'un côté
vous n'avez cédé qu'à de vaines illusions, à de faux calculs, à de folles
épreuves, et si malgré toutes les apparences, et tout ce qui m'a été rapporté, je suis assez heureux pour
n'avoir pas mal lu dans votre cœur,
rien n'est désespéré : que je retrouve
Elmonde, elle retrouvera

SAINT-LÉON. »

A la lecture des derniers mots de
cette lettre, le courage d'Elmonde se
ranima ; elle eut moins honte d'elle-
même, et prenant la plume aussitôt,
elle allait se reconnaître non - seulement imprudente dans sa conduite,
mais coupable envers Saint-Léon, puisqu'elle avait négligé ses avis, et qu'elle
avait trompé l'espérance qu'elle lui

avait fait concevoir; mais Eliane se
présentait à son esprit, elle écrivit :

« J'allais vous confirmer ce qui vous
a été écrit, excepté ce qui regarde un
homme que j'ai peu vu depuis mon
retour à Paris, et à qui je n'ai laissé
prendre ni sur moi ni sur vous aucun avantage, que cependant je pré-
férerais à tout autre, si quelqu'un devait vous succéder dans mes affections.
Oui, j'allais vous exposer mes regrets,
ma honte, mon repentir, implorer
votre indulgence, m'engager par serment à ne plus commettre les mêmes
fautes; j'allais me mettre tout entière
à votre merci, mais je n'ai rien à vous
dire que vous ne vous soyez expliqué
vous-même sur l'avis qui vient de
m'être donné. »

Et elle lui marquait textuellement
ce qu'elle avait lu dans la lettre de

Joseph à Comtois, sans indiquer la source dans laquelle elle avait puisé ce renseignement.

« Croyez du moins, disait-elle en finissant, que je n'ai blessé en rien le sentiment délicat qui m'a attachée à vous pour la vie.

La malheureuse ELMONDE.

«P. S. Vous ne recevrez plus de lettre de moi que vous n'ayez répondu à celle-ci. »

Elmonde chargea Franck, son valet, d'aller porter aussitôt sa lettre à la poste. Elle craignait d'être assez faible pour revenir sur ce qu'elle venait d'écrire.

Ses réflexions étaient bien propres à la tourmenter. Lorsqu'elle était aux Colinettes, elle n'aurait pas cru à une infidélité de Saint-Léon, eût-elle été commise sous ses yeux ; cependant

Saint-Léon était le même homme ; le cœur change-t-il en si peu de temps ? Mais pouvait-elle douter de l'effet produit par les charmes innocens d'Eliane ? Joseph pouvait-il penser que sa lettre serait mise sous ses yeux ? S'il en avait imposé, n'aurait-il pas dû craindre que son maître, instruit de sa perfidie, ne le punît en le congédiant ? et tout ce que le valet avait marqué ne se conciliait-il pas avec ce que dans des instans elle avait pensé elle-même ?

Elle était tombée dans une triste rêverie, lorsqu'on annonça le marquis. Elle le reçut : il s'exprimait avec tant d'amabilité, il montrait tant de désintéressement dans son désir de dissiper les nuages dont son front était couvert, qu'elle fut sur le point de lui confier tout ce dont elle avait désiré qu'il n'eût point connaissance ; mais

on parlait déjà assez de son jeu et de
ses pertes pour qu'il crût pouvoir,
sans indiscrétion, lui en parler lui-
même. Elle lui dit que ses pertes seraient bientôt réparées, et il la con-
sola un peu en lui répondant que
personne n'en doutait. Il était venu
lui annoncer la mort de sa riche parente, dont il allait recueillir la succession. Elle lui fit un compliment
d'usage ; il en prit occasion de lui
dire combien peu il lui en coûterait
pour venir à son aide, en attendant
qu'elle reçût les fonds dont l'envoi lui
était annoncé. Elle le refusait, et à ce
sujet leur entretien s'animait, lorsqu'ils virent entrer les huissiers qui
venaient saisir les beaux meubles de
l'appartement de la chaussée d'Antin,
où ils étaient alors. Clainval feignit de
ne pas s'apercevoir du trouble et de

la confusion dans lesquels l'avait jetée
cette visite inattendue. Elle ne savait
pas lire dans des papiers tels que ceux
qui lui avaient été laissés la veille. Ces
huissiers s'étaient à peine présentés
que le marquis, tirant sa bourse, leur
offrit ce qu'ils demandaient. Elmonde,
encore plus confuse, s'opposa à cet
acte de bienveillance. Clainval insista,
Elmonde lui déclara qu'elle se regar-
derait comme blessée par le paiement
qu'il ferait de sa dette. Tandis qu'elle
se détournait comme pour chercher
s'il lui restait assez d'argent pour
éconduire ces gens-là, Clainval, par un
signe, les fit se retirer; il les rejoignit
un instant après, et les satisfit. Elmonde, lorsqu'il fut revenu vers elle,
lui montra son mécontentement, mais
sans pouvoir cacher l'attendrissement
que lui causait une action qui la dé-

livrait de plus de honte et de plus de
peine. Des mots d'amitié se mêlèrent
à ceux de reconnaissance.

— Ainsi, dit Elmonde, votre mariage avec la comtesse d'Egligny va
bientôt se faire.

—Soit dit entre nous seuls, lui répondit le marquis, un obstacle pourrait s'y opposer.

— J'en serais fâchée pour vous. La
comtesse a toutes les qualités propres
à rendre heureux l'homme qui unira
son sort au sien ; mais enfin quel obstacle....

Clainval lui prit la main, et la fit se
présenter devant une glace.

—O, dit Elmonde, vous m'avez
accoutumée à ces galanteries ; mais je
suis moins disposée que jamais à croire
un mot de ce qu'elles vous font m'a-
dresser : assurément quand je serais

libre, quand je n'aurais point commis les fautes que j'ai faites, vous ne voudriez pas m'épouser ! — Dans quelque position que vous vous trouviez, mettez moi à l'épreuve, et je vous jure!...
—Point de serment, et cessons un entretien insignifiant, qui n'a rien de convenable pour l'un comme pour l'autre.

Le marquis s'était fait une loi de ne pas insister sur ce qui pouvait déplaire à Elmonde. Avant de lui faire son adieu, il lui renouvela ses offres de services, et lui fit lire dans ses yeux le plus vif désir de les lui voir accepter.

CHAPITRE VIII.

Incertitudes.

DOLAINVILLE était de retour à Paris : sa correspondance avec Saint-Léon n'avait point été interrompue ; il avait cru devoir l'instruire de ce qu'il avait appris des nouvelles habitudes d'Elmonde, de ses pertes au jeu, et de sa liaison devenue plus intime avec le marquis de Clainval.

Dançcourt, un des chefs de ses bureaux, à qui il donnait sa confiance, était en état de lui faire connaître tout ce qui regardait Elmonde. Sans être joueur, il était admis dans le cercle de madame de Saint-Ange : il y avait vu Elmonde. Clainval le comptait parmi ses anciens amis de plaisir; il lui avait parlé de la belle Allemande comme d'une femme qu'il aimait à l'adoration, et pour la possession de laquelle il sacrifierait et sa fortune et la comtesse d'Egligny, qu'il était sur le point d'épouser; il ne désespérait pas d'en faire la conquête, et profiterait de l'absence de celui qu'elle aimait de cœur pour mettre ses grands moyens en activité.

Danécourt avait quelquefois accompagné Clainval lorsqu'il surveillait l'ameublement de la maison de Clignancourt, et de l'appartement de la chaussée d'Antin; il l'avait vu avec Elmonde dans une familiarité à laquelle il s'était mépris; il avait remarqué les préférences qu'elle lui accordait sur ceux qui avaient accès auprès d'elle. Il avait donc été de bonne foi dans tout ce qu'il avait dit à Dolainville. Celui-ci , malgré son désir de faire la connaissance d'Elmonde, avait, comme Saint-Léon, jugé convenable qu'il ne se mît point en rapports avec elle; il l'aurait, par sa présence, gênée dans sa conduite, pour laquelle Saint-Léon croyait qu'elle devait avoir la plus grande liberté. D'ailleurs les conseils qu'il lui aurait donnés ne seraient-ils pas venus trop tard? et que peuvent ceux de l'amitié quand la voix de l'amour a été impuissante? Saint-Léon pensait avec raison que la contrainte ne produit sur un caractère qu'un effet momentané.

Danécourt avait une fois fait trouver Dolainville avec Elmonde, mais en se gardant bien de le nommer. Celui-ci avait été ébloui par l'éclat de tant de charmes. Le son enivrant de la voix d'Elmonde, la douceur de son regard, les traits piquans et ingénieux quelle faisait jaillir comme des éteincelles dans la conversation où il avait su l'engager, avaient justifié dans son esprit l'enthousiasme avec lequel son ami parlait d'elle : il conçut dès lors combien il serait difficile de l'en détacher, se montrât-elle indigne de son estime.

En même temps qu'il lui avait appris tout ce qu'il savait d'elle, il lui avait marqué que d'après des avis qu'il venait de recevoir de son correspondant de Dusseldorf, il voyait bien qu'elle allait rester sans fortune.

Saint-Léon lui écrivit : « Je ne peux t'exprimer tout ce que j'ai souffert à la lecture de ta dernière lettre. J'étais dans l'état d'un homme devant

lequel paraîtrait tout-à-coup un fan-
tôme effrayant. Je voudrais pouvoir
douter de la vérité des rapports de
Danécourt, mais tu dis être sûr de lui
comme de toi-même ; il faut donc que
je gémisse sous cette affreuse lumière
qui offre à mes yeux une Elmonde
autre que celle dont la présence eni-
vrait tous mes sens. Tu l'as vue, Dolainville, tu l'as vue ressemblante
dans son extérieur et dans son esprit
au portrait que je t'en ai fait, mais
tu n'as pas pénétré comme moi dans
cette âme remplie des plus excel-
lentes qualités ; tu n'y as pas puisé le
sentiment profond, indestructible,
qui fait l'aliment de ma vie! O que
maudits soient les êtres impitoyables
qui ont changé la nature de cette âme
céleste, qui du moins l'ont altérée ;
en lui offrant d'autres attraits que

ceux que je croyais seuls capables d'agir sur elle! Le jeu! voilà donc ce qui l'a égarée, perdue, elle si noble, si désintéressée, si supérieure à la fortune, et que sa position dans la société rendait si indépendante! Je l'avais bien prévu que son amusement deviendrait un besoin, et son goût une passion; passion infernale, qui en quelque jours précipite de l'état le plus élevé, dans l'état le plus abject! Pourquoi n'ai-je pu l'arrêter sur le bord de l'abîme? Enfin elle est ruinée, si le procès qu'elle a trop négligé est perdu, et à cet égard ce que tu m'écris me laisse peu d'espérance. Qu'importe? ne lui restât-il rien de sa fortune, fût-elle dans le dénuement le plus absolu, malgré sa dégradation, si une force héroïque lui faisait pour jamais secouer la vile

poussière dont le front des joueurs
est couvert, si son cœur était resté
pur, si rien n'avait affaibli le sentiment qui l'a liée à moi, si sa fidélité
était parfaite, je ne serais point assez
lâche, assez injuste, assez cruel pour
l'abandonner; je braverais pour elle
l'opinion, la volonté maternelle,
toutes les considérations; je couvri-
rais la honte de son nom par l'honneur du mien; elle aurait dans ma
fortune la même part que dans mes
affections; mais si, d'après ce que je lui
ai écrit, elle se retrouve encore dans
la maison témoin de son égarement et
de ses pertes, et si, entraînée par une
autre séduction que celle du jeu, il
est vrai que malgré les assurances
qu'elle m'a données, elle ait autorisé à
croire qu'un homme sans mœurs,
sans principes, m'ait fait entièrement

oublier, la mort, cent fois la mort plutôt que Saint-Léon revoie la duchesse douairière d'Alkolf!

Croirais-tu, mon ami, que c'est elle qui semble m'accuser d'infidélité! Je ne sais d'où lui est venu un faux avis sur ma liaison avec Eliane : elle m'en croit amoureux, et exige que mon explication à ce sujet précède la franche déclaration qu'elle croit me devoir, et qu'elle allait, dit-elle, me faire, sans cet avis qui lui a été donné.

Une fois pour toutes, je l'instruis de ce qu'elle veut savoir; je lui marque tout ce qui oppresse mon cœur, et tout ce qui pourrait le soulager. (1) Je me fais illusion sans doute, car ta lettre ne m'accorde point le bienfait de l'incertitude.

(1) On verra ce qui a empêché que cette lettre ne parvînt à Elmo nde

En y réfléchissant, je crois que quoiqu'Elmonde n'ait pas dans le caractère
autant de légèreté qu'elle a donné
lieu de le croire, elle n'est point
exempte de cette faiblesse qui fait dé-
vier si facilement la plupart des
femmes des résolutions qu'elles ont
prises avec toute l'apparence d'une
invariable fermeté. Les objets présens
ont sur elles un empire souvent funeste, qui ne pourrait être combattu
que par une idée forte, capable de
les transporter dans des lieux et près
des personnes dont la présence ima-
ginaire les contiendrait, ou les ferait
agir autrement qu'elles n'agissent. En
général les femmes cèdent avec trop
de précipitation à leur entraînement
vers ce qui leur plaît; c'est ainsi que
souvent un goût léger ou un caprice
leur fait prendre une voie qui les

égare et qu'elles quittent, mais trop
tard, pour revenir à ce qu'elles avaient
le plus fortement désiré. Voilà, mon
cher, ce que je me dis pour la justi-
fication d'Elmonde. Malgré la différence qui existe entre nos goûts et nos
manières de vivre, il y a en moi un
pouvoir sympathique qui me porte in-
cessamment vers elle, et qui agirait
contre moi-même si je voulais le combattre. Tu ne saurais concevoir les
diverses émotions que j'éprouve en
pensant à elle; mais, inflexible dans
mes résolutions, je saurai plutôt mourir que de dégrader par une faiblesse
un amour auquel des idées de gloire
comme des espérances de bonheur
étaient attachées.

Ne la perds point de vue, je t'en
supplie, et instruis moi avec exactitude
de ce qui dans sa vie et dans les évé-

nemens qui la menacent, sera le plus
propre à me faire prendre une déter-
mination.

Une indisposition d'Eliane nous a
fait différer notre voyage à Naples. Le
triste voile du jaloux hiver dérobera
à nos yeux les trésors de sa belle campagne, mais Eliane compte s'en dédommager par l'examen de ce que
l'intérieur de la ville offre de curieux
aux voyageurs.

Quant à moi, puis-je être sensible
aux beautés de l'art, quand je vois dépouillée de son lustre, et prête à
m'être enlevée pour toujours, une mer-
veille de la nature, objet de mon adoration?

Je n'ai pas besoin de te dire qu'à la
plus pure amitié se joint en moi le
plus grand respect pour cette jeune
Eliane dont le ton candide et l'air in-

nocent contrastent singulièrement avec l'exaltation de tête et les mouvemens passionnés d'Elmonde.

Tu continueras de m'adresser tes lettres à la maison qu'occupait feu mon oncle ; on me les fera parvenir à Naples.

Mon retour ne sera pas aussi prompt que ma mère et toi le désirez. Je le retarderai peut-être, sans avoir pourtant l'intention de le retarder ; mais je crains que lorsque je serai à Paris, je n'y sois encore arrivé trop tôt.

CHAPITRE IX.

Demande en mariage.

LE silence prolongé de Saint-Léon, et de nouvelles poursuites de créanciers, désolaient Elmonde, lorsqu'on lui remit la lettre qu'on va lire, à laquelle elle répondit aussitôt.

Lettre du duc de Berwich à madame la baronne d'Alkolf.

Dusseldorf, le...

Madame la Baronne,

Vous savez que j'ai toujours été un de vos plus zélés adorateurs. Admis à l'honneur de vous faire ma cour, tout mon soin a été de vous servir, de faire

ce que je croyais pouvoir vous être
agréable : mais ai-je pu vous voir souvent, madame la baronne, sans être
soumis à cet empire que vous savez
si bien exercer sur les cœurs et sur
les esprits ? Qu'il me soit permis de
vous le dire encore, si mes yeux ont été
éblouis, si mes sens ont été troublés
à la vue de vos charmes, votre inalté-
rable bonté, votre active bienfaisance,
toutes vos touchantes vertus, toutes
les belles qualités de votre âme ont
fait sur moi la plus vive et la plus profonde impression ; je n'ai pu me défendre de vous aimer, mais de cet
amour qui s'empare de toutes nos facultés, que les événemens n'altèrent
point, et que le temps ne peut détruire. Vous n'avez fait que sourire à
la déclaration de mes sentimens. Si
quelquefois j'ai puisé dans vos beaux

yeux le charme de l'espérance, bientôt un air indifférent, des mots pleins
de froideur m'ont averti que je m'étais
fait illusion.

Serais-je assez heureux, madame
la baronne, pour que ces signes dé-
solans m'aient trompé? et ne m'abu-
serais-je point si je croyais que ce que
vous me faites éprouver peut être payé
de quelque retour?

Plusieurs fois j'ai voulu vous faire
l'offre de ma main, mais je ne sais
quel respect, quelle crainte m'a retenu. Un refus de votre bouche aurait
été pour moi une condamnation à un
tourment éternel.

Lorsque le colonel Bintham et moi
avons été assez heureux pour vous
faire entrer par surprise dans le château de ma parente, la princesse de
Wulz, je ne lui fis point mystère

de mon amour et de mes vœux. Enhardi par l'aimable désordre de la fête qu'elle vous a donnée, je l'avais priée de vous faire part du plus vif de mes souhaits. Elle y avait consenti, mais avant tout, dans un entretien qu'elle eut avec votre amie, la baronne de Murer, elle tâcha de connaître par elle vos dispositions, et lui laissa entrevoir son intention de faire une demande en mariage. Madame de Murer lui dit que votre cœur était libre, mais que la circonstance n'était point favorable pour une démarche de ce genre, que vous aviez l'esprit uniquement occupé des plaisirs que vous vous promettiez à Paris, qu'à votre retour à Dusseldorf, elle-même serait mon interprète.

Dans quels profonds ennuis, avec quelle impatience j'ai attendu ce retour! la prolongation de votre séjour en France me désespère. Il me semble que je ne vous reverrai plus, qu'un fortuné mortel vous a rendue sensible, et que rien ne peut plus vous éloigner des lieux qu'il habite.

Dans cette perplexité, j'ose, madame la baronne, vous offrir ma main, ma fortune, tout ce que le ciel a mis à ma disposition. Répondez-moi, vous pouvez d'un mot faire le bonheur ou le malheur de ma vie. Si ce mot est tel que je le désire, je volerai vers vous, et tous mes vœux seront comblés.

Réponse d'Elmonde.

Paris, le...

Monsieur le Duc,

Je suis profondément sensible à l'honneur que vous me faites.

Vous savez que j'ai toujours eu de l'éloignement pour un second mariage. Cependant je dois répondre à votre confiance ; je ne vous cacherai point que mon cœur n'est plus libre. Il dépend des événemens que ma main ne le soit plus.

Ma cousine ne m'a point parlé de ce que lui a dit votre aimable parente, la princesse de Wulz***.

Agréez, monsieur le duc, l'expression de mes regrets, et l'assurance des vœux que je fais pour que vous soyez aussi heureux que vous méritez de l'être.

La baronne D'ALKOLF.

CHAPITRE X.

Tout est perdu.

ELMONDE avait reçu de son intendant les fonds qu'elle attendait avec la
plus grande impatience. Depuis huit
jours elle s'était condamnée à la retraite, alléguant divers prétextes pour
ne point aller chez madame de Saint-
Ange, où l'on donnait de temps en
temps des fêtes auxquelles elle était
invitée, et pour ne pas voir les personnes de sa connaissance qui s'inté-
ressaient ou qui paraissaient s'intéresser à elle. Divers objets de luxe
avaient été engagés, de nouvelles poursuites venaient d'avoir lieu, et quel-

ques créanciers ne modéraient pas l'expression de leur mécontentement. Elle avait soigneusement caché le mauvais état de ses affaires. On lui croyait plus de ressources qu'elle n'en avait pour réparer ses pertes au jeu.

Elle acquitta presque toutes ses dettes, en commençant par celle qui lui avait fait avoir, malgré elle, obligation à Clainval; elle céda l'appartement meublé de la chaussée d'Antin à une personne par laquelle le marquis s'en fit faire la vente, ce qui déplut beaucoup à Elmonde, à cause de l'interprétation qu'on pouvait donner aux motifs de ce changement de possession; elle se mit en état de reparaître comme auparavant dans la société. Mais dans les visites qu'elle fit aux dames qui étaient avec elle à la Boissière, et à la mère de Saint-Léon, la

froideur avec laquelle on la reçut l'affecta péniblement. Elle eut lieu de
reconnaître que Léonore avait laissé
après elle des traces de son ressenti-
ment. Madame de Lézignac seule avait
mis dans son accueil un ton engageant,
auquel Elmonde répondit en parais-
sant dans une de ses soirées. Clainval
et Danécourt s'y trouvaient. Clainval
tâchait de paraître bien avec Elmonde.
Il lui parlait bas à l'oreille, et en lui sou-
riant il provoquait son sourire : il avait
pour elle toutes sortes d'attentions
auxquelles elle se croyait obligée de
répondre affectueusement, et ses fré-
quentes invitations dans le cours du
bal étaient acceptées, parce qu'Elmonde aimait beaucoup son genre de
danse, et se trouvait plus à l'aise avec
lui. Rien n'échappait à l'attention de
Danécourt. Dans la salle du jeu, une

dame qu'Elmonde regardait jouer à
l'écarté, la pria de tenir son jeu,
un danseur étant venu l'inviter. Elle
lui laissa de l'argent pour soutenir la
partie. Danécourt était alors dans la
salle du bal : étant rentré dans l'autre,
il vit Elmonde jouant avec d'autant
plus d'attention qu'elle avait à cœur
de répondre, par le succès, à la confiance de la dame absente. L'argent
étant perdu, elle se leva avec un air
d'humeur. Danécourt conclut de ce
qu'il avait vu que Clainval était un
amant aimé, et qu'Elmonde continuait
de perdre son argent au jeu. Il le dit
avec la meilleure intention à Dolainville, qui l'écrivit à Saint-Léon. Le
changement de propriétaire de l'appartement repris par Clainval ne fut point
aussi oublié, et fut l'objet d'un com-
mentaire.

Elmonde n'était point tentée de retourner à Dusseldorf. D'après les bruits répandus sur son compte, elle n'aurait osé reparaître dans ses sociétés ; le gain seul de son procès pouvait d'ailleurs la faire échapper à l'état d'humiliation où la réduirait la perte presqu'entière de ses biens. L'offre que madame de Wilmar lui faisait d'une retraite à la campagne ne se présentait à elle que comme une punition imposée à un coupable. Elle voulait donc attendre à Paris que, par sa réponse, Saint-Léon l'eût mise en état de prendre une règle de conduite.

Les jours suffisans pour qu'elle eût une lettre de Nice s'étaient écoulés : rien ne lui parvenait. Ce silence de Saint-Léon ne prouvait-il pas qu'il avait renoncé à elle ? Ses réflexions l'accablaient : madame de Romancé

savait le mieux l'en distraire. Elles se
voyaient fréquemment depuis qu'Elmonde n'avait plus d'autre habitation
que celle de Clignancourt. Madame de
Romancé avait paru partager la douleur que ses pertes lui avait causée ;
elle gémissait de l'imprudence qu'elle
avait commise en lui faisant connaître
madame de Saint-Ange, de l'honnêteté
de laquelle cependant elle ne doutait
point. Si Elmonde l'en eût cru, elle
aurait modéré son jeu. L'entêtement,
la vivacité, l'impatience d'Elmonde lui
avaient fait faire cent fautes dont elle
avait été la victime. Elle ne pouvait
se prendre qu'à elle-même de ses
pertes. Plus d'une fois madame de
Romancé avait voulu l'aider de sa
bourse, mais à condition qu'elle ne
jouerait que le plus petit jeu, car elle
aurait paru manquer de ressources, ou

s'être fait une fausse idée des personnes qui allaient le plus habituelle-
ment chez madame de Saint-Ange, en
renonçant tout-à-coup à la voir.

Elmonde, dans sa nouvelle demeure, serait morte d'ennui si elle n'eût
point eu une voisine telle que madame
de Romancé qui n'avait réellement
contre elle que les apparences de l'in-
trigue. Il lui était resté une petite partie des fonds qu'elle avait reçus. Elle
accompagna encore madame de Romancé chez madame de Saint-Ange,
joua petit jeu, perdit, gagna tour-à-
tour ; mais après une série de coups
malheureux, son caractère impé-
tueux prenant le dessus, sa tête se
monta, elle joua comme une folle ; son
adversaire aurait cru lui manquer en
refusant des revanches ; enfin elle perdit jusqu'au dernier écu qu'elle possé-

dait. Madame de Romancé, en la conduisant, ne trouva pas de meilleur moyen de la consoler qu'en lui faisant de nouveau l'offre de sa bourse qu'elle refusa avec un ton de hauteur dont celle-ci fut blessée.

Lorsqu'elle fut rentrée chez elle dans un état d'irritation extraordinaire, Betzi lui communiqua une lettre de Joseph, que Comtois lui avait confiée ; elle y lut ces mots :

« Mon maître est fatigué de tout ce ce qu'il apprend sur le compte de la baronne. Il ne veut plus en entendre parler : elle aura beau lui écrire, elle ne recevra aucune réponse.

» Décidément nous partons pour Naples dans quelques jours. Mademoiselle Eliane en est d'une joie que je ne peux te dire. Mon maître lui a fait faire un joli habit d'amazone, d'un vert tendre : le beau panache flottant au-dessus du chapeau est de même couleur : enfin c'est toute la même chose que l'habillement que nous avons vu souvent à la baronne. Une fois partis, ma foi je ne sais quand nous reviendrons. Mon maître n'a guère d'envie de retourner à Paris. »

Elmonde, à cette lecture, fut sur le point de perdre connaissance. Betzi, en la secourant, lui montrait de la pitié ; sa fierté vint encore à son secours. Elle aurait eu de la peine à résister à de moindres maux, elle recueillit toutes les forces de son âme pour supporter les cruels coups qui, en quelques heures, venaient de lui être portés. Une douloureuse oppression éloignait d'elle le sommeil qu'elle invoquait comme seul capable d'alléger un moment le tourment de sa pensée.

Vers le matin, elle s'endormit, et les
songes les plus affreux furent pour
elle un nouveau supplice. Quel moment que celui de son reveil! elle vit
plus clairement ce que sa position
avait d'affreux. Elle se disposait à se
lever, ayant besoin de prendre l'air,
lorsqu'on lui remit une lettre au tim-
bre de Dusseldorf. Cette lettre était
de son intendant. En voici le contenu:

« Madame la baronne,

» C'est avec bien de la peine que je
vous annonce la perte de votre procès.
L'influence du pouvoir s'est fait sentir.
L'opinion est pour vous, la fortune
pour vos adversaires. Les hommes
chargés de suivre ce procès n'ont
point montré le désintéressement
qu'on attendait d'eux : ils veulent

profiter de tous leurs avantages, et
ont tout fait saisir. Les gens de loi,
choisis par eux, se jettent avec une
sorte d'avidité sur ce qu'ils peuvent
découvrir de vos biens. Ceux à qui
vous avez donné votre confiance ont
fait leur devoir. Ils gémissent et vous
plaignent : ils ont tous renoncé à ce
qu'ils pourraient exiger pour prix de
leurs travaux. Des magistrats distingués avaient cru devoir vous recom-
mander à la bienveillance du prince,
ils l'ont trouvé fortement prévenu
contre vous. Il paraît qu'on vous a
attribué des propos auxquels ne croient
pas les personnes qui vous connaissent,
auxquels sans doute ne croit même pas
la baronne de Murer, qui a le plus
contribué à les accréditer. Il faut
qu'elle ait eu à Paris de grands sujets
de mécontentement, car ceux qui la

voyaient avant son départ, ont trouvé
son caractère singulièrement aigri.
Elle a été mariée, il y a quelques jours,
avec le colonel Bintham qu'elle n'aime
pas, et qui ne l'a prise que par intérêt.
Il n'est pas d'une humeur facile:
puisse-t-elle subir avec lui la punition
du mal qu'elle vous a fait! Ils ont fixé
leur domicile dans une terre voisine
de celle de madame de Wilmar. Cette
dame est bien la meilleure de vos
amies. Lorsque je lui ai parlé de la
perte de votre procès, elle a pâli, et
a paru chargée d'un poids dont elle
ne s'est un peu soulagée qu'en versant
des larmes abondantes. Elle m'a fait
joindre à ma lettre un billet qu'elle a
écrit précipitamment, car à tout moment on croyait qu'elle allait se trouver mal. Elle me le remettait lorsqu'on
lui a annoncé la baronne de Murer.

Elle a refusé sa visite, et lui a fait dire qu'elle ne la verrait de la vie.

» Le duc de Berwick s'informait de vous très-fréquemment : il y a peu de temps on l'a vu tout-à-coup atteint d'une noire mélancolie. Il a quitté la ville, et s'est retiré dans une de ses terres, la plus triste et la plus éloignée.

» Quoique madame de Wilmar ne soit pas riche et ait beaucoup de charges, elle va continuer les secours que vous faisiez donner aux indigens. Je lui en avais remis la liste.

» Avant le jugement rendu, j'ai été assez heureux pour sauver une petite partie des débris de votre fortune. N'espérez rien au-delà ; les oppositions grossissent tous les jours, et les frais sont énormes. Madame de Wilmar m'a dit de ne rien vous envoyer que vous ne m'en ayez fait la demande.

» Mes comptes ont été vus par l'homme de loi qui vous a représentée ici; il les a trouvés en règle. J'ai moins de fortune aujourd'hui que je n'en avais lorsque je me suis chargé de vos affaires : si vous croyez, madame la baronne, m'en devoir quelque reconnaissance, vous me la marquerez en agréant la prière que je vais prendre la liberté de vous faire. S'il arrive que madame de Wilmar ne se soit pas trompée dans les craintes qu'elle ne m'a manifestées que parce qu'elle me fait l'honneur de me compter parmi vos plus fidèles amis, ne m'oubliez pas, je vous en supplie. J'ai, grâces à mes économies, quelque chose dont je peux disposer sans me mettre à la gêne. Mes enfans sont bien établis; ils n'ont besoin de rien, et moi je vis de peu.

« J'ai l'honneur d'être avec le plus profond respect,

Madame la baronne,

« Le plus humble, le plus fidèle et le plus dévoué de vos serviteurs,

» GRAMM. »

Elmonde n'avait pas achevé la lecture de cette lettre, qu'elle était tombée sans connaissance. Elle revenait à elle par momens, redemandait sa lettre, et y puisait un mal qui renouvelait ses évanouissemens.

« Du courage, ma bonne amie, écrivait madame de Wilmar, du courage ! ce n'est que par-là qu'on se distingue des âmes vulgaires. Tu n'as été qu'imprudente. Il te reste un cœur excellent, l'entier dévouement de mon amitié, et un peu d'argent que que M. Gramm te fera passer à ta première demande. Je n'ai pas jugé con-

venable qu'il te l'envoyât aussitôt, j'ai
une crainte que tu n'as que trop au-
torisée. J'aurais été te chercher à
Paris si ma santé, dont je t'ai marqué
le mauvais état, n'y mettait obstacle.
Mes bras te sont ouverts. Je ne peux
t'en écrire davantage.

» Je t'embrasse avec la plus vive
affection.

» Ton amie,

» LOUISE. »

Elmonde paraissait mourante ; Betzi
effrayée allait appeler du secours,
lorsque Clainval se présenta ; elle lui
fit lire les lettres que sa maîtresse avait
reçues. Tous les deux tâchèrent de
lui faire reprendre l'usage de ses sens.
Lorsqu'elle l'eut repris, elle fixa sur
Clainval un œil morne qui s'adoucit
insensiblement. Il l'amena à lui confier
ce qu'il savait déjà. Une réflexion la

portait à lui dire ce qui aurait été un secret pour tout autre : délaissée par Saint - Léon, Clainval était le seul homme au monde qui semblait prendre à elle un véritable intérêt. Les efforts qu'il faisait pour la distraire du principal sujet de ses peines n'étaient pas toujours infructueux, mais elle était loin de vouloir accepter aucun des secours pécuniaires qu'il ne cessait de lui offrir.

CHAPITRE XI.

Le serpent.

Malgré sa fierté naturelle, notre héroïne aura-t-elle assez de courage pour supporter la perte de sa fortune et l'abandon dans lequel elle voit que son amant la laissée? Elle n'a point autant de philosophie que Saint - Léon; son caractère n'est point aussi prononcé. Jusque - là ses goûts ont presque toujours subjugué sa raison. Tant qu'elle a possédé de grands biens, elle considérait peu la fortune; en étant privée, elle y attache un autre prix. Elevée au sein de la société la plus distinguée, accoutumée aux jouissances des gens

du monde, elle ne pense pas, sans une
sorte de stupeur, que toutes vont lui
manquer à la fois.

D'un autre côté, ce que lui fait souffrir le silence de Saint-Léon, lui
donne lieu de croire que l'impression
qu'il a faite sur elle est trop profonde
pour qu'elle puisse jamais la détruire;
cependant si elle veut se rendre compte
de la nature de son sentiment, elle juge
qu'il appartient plus à l'amitié qu'à
l'amour. L'éloignement de Saint-Léon
a déjà produit sur elle un effet involon-
taire. La beauté morale de son ami est
tout entière dans son souvenir, mais
celle de ses traits ne s'y est pas également conservée. Le charme du sourire, la puissance du regard sont ab-
sens. Ajoutez que Saint-Léon paraît
l'avoir déliée de son serment. Clainval
est là; il ne néglige aucun des moyens

de plaire et de consoler. Non - seulement il fait l'offre de tout ce dont sa nouvelle fortune lui permet de disposer, il laisse encore entrevoir que s'il était aimé d'amour, il s'empresserait de faire celle de sa main, et quel triomphe pour Elmonde, si elle l'enlevait pour toujours à la comtesse d'Egligny ! Quelle autre destinée, si ses charmes étaient assez puissans pour la faire se retrouver au degré d'élévation où elle s'est vue ?

Mettons présentement à découvert les desseins et la conduite du marquis de Clainval. Il avait conçu en même tems les plus violens désirs pour Elmonde, et la haine la plus forte pour Saint-Léon, à qui il ne pardonnait pas surtout la supériorité qu'à la vue des dames il avait prise sur lui en diverses circonstances. Ses passions s'étaient

cachées sous le voile de l'insouciance
et de la galanterie. Jouir des plus
douces faveurs d'Elmonde avant que
Saint-Léon pût les obtenir par le mariage, s'en faire dans ses sociétés un
titre de considération, tel était l'uni-
que but auquel tendaient toutes ses
actions. Ses amis de plaisir, hommes
et femmes, dans leurs petits soupers, lui disaient qu'on le regarde-
rait comme un homme déshonoré,
s'il ne possédait Elmonde sans être
obligé de recourir à la triste voie du
mariage.

Il entrait dans son plan de mettre
obstacle à la correspondance des deux
amans, et de faire croire l'un à l'infidélité de l'autre. Betzi, grâces à ses
générosités, était dans ses intérêts.
Elle était chargée par sa maîtresse
de retirer de la poste les lettres de

Saint-Léon. Déjà elle avait remis à Clainval celle dans laquelle Saint-Léon se montrait instruit de la conduite d'Elmonde; il avait fait fabriquer chez lui les prétendues lettres du valet de Saint-Léon à son valet Comtois; il les faisait correspondre, et dictait les lettres de celui-ci à Joseph. Dans ces lettres, son valet parlait principalement de la fureur d'Elmonde pour le jeu, de sa coquetterie, et d'un commerce scandaleux qui avait lieu entre elle et son maître. Joseph, sincèrement attaché au sien, aurait craint de lui faire trop de mal en lui communiquant ce que Comtois lui marquait. Il ne doutait point que les rapports de ce valet ne fussent exagérés, et soupçonnait même sa véracité, le connaissant comme un garçon de mauvaises mœurs. En lui répondant, il ne lui écrivait rien que son maître n'eût approuvé.

Un jour Saint-Léon trouva une de ces lettres de Comtois ; il y vit des choses plus graves, plus affligeantes que celles dont l'avait instruit Dolainville ; mais ce que lui dit Joseph du caractère de ce Comtois, le ton de la lettre, l'invraisemblance d'une partie de son contenu, le firent réfléchir ; il lui vint à l'idée que l'immoral marquis pouvait bien s'être entendu avec son valet pour le tromper sur ce qui concernait Elmonde, pour lui faire croire qu'il était mieux avec elle qu'il n'y était réellement, et empêcher qu'un rapprochement n'eût lieu entre elle et lui. Il ne pouvait croire à tant de désordre dans un cœur où de si belles vertus s'étaient montrées. Il se réservait de tout éclaircir lorsqu'il serait de retour à Paris.

Il écrivit encore à Elmonde du ton du doute sur ce qu'il apprenait d'elle, et lui répétait que le-jeu seul les sépareraient pour toujours ; mais cette lettre, qui aurait un peu soulagé le pauvre cœur de sa faible et malheureuse amie, ne lui fut pas remise. On en verra la cause par la suite.

Quoique l'image de Saint-Léon se présentât souvent à elle sous des formes qui faisaient renaître ses premières impressions, elle devenait chaque jour plus sensible aux soins que Clainval lui rendait. Il était parvenu à gagner toute sa confiance ; il voulait être, lui disait-il, son consolateur, son guide. Il se chargeait de régler ses affaires avec ses créanciers ; mais, comme la ruine entière d'Elmonde lui semblait être ce qui pouvait le plus sûrement le rendre maître de son sort

et de sa personne, il la préparait avec
une habileté qui le mettait à l'abri du
soupçon : il lui faisait entendre qu'il
convenait qu'elle reparût avec une
sorte d'éclat dans la société, particulièrement dans les maisons où elle avait
joué, afin qu'on ne la crût pas dépour-
vue des moyens de soutenir son rang
et de satisfaire ses goûts. Il l'excitait
lui - même à prendre les cartes, s'in-
téressait dans son jeu, et l'enhardissait
dans la perte. Quelquefois on les voyait
ensemble à la promenade ou dans la
même voiture. Elmonde n'y consen-
tait qu'avec beaucoup de peine : il lui
aurait été pénible de savoir qu'on la
regardait comme détachée de Saint-
Léon ; mais n'avait - il pas lui - même
rompu leurs nœuds ? Elle pouvait donc
être plus libre de ses actions.

Elle était ainsi comme entraînée

malgré elle par une puissance maligne, couvrant de quelques fleurs le chemin fatal dont le retour ne lui serait plus permis.

Elle crut avoir fait faire à Clainval la connaissance de madame de Romancé, mais cette connaissance était déjà faite. Le concert entre cette dame et Clainval pour qu'elle le favorisât, était établi. C'était chez elle et à ses petits soupers qu'il voyait le plus souvent Elmonde, mais Elmonde y était triste : sans la présence de Saint-Léon, rien ne pouvait récréer ses esprits.

Il faut rendre justice à madame de Romancé, elle était plus imprudente que vicieuse; elle ne connaissait pas la perfidie des desseins de Clainval, elle ne pensait qu'au bien qu'il pourrait faire à sa voisine, et elle ne désespérait pas de la lui voir épouser, si la

comtesse d'Egligny, qui ne lui pardonnait pas de continuer de voir Elmonde, renonçait, par jalousie, à leur
ancien projet de mariage. Tous les
trois allaient de temps en temps aux
soirées de madame de Saint-Ange, il
se trouvait presque toujours qu'Elmonde, en quittant le jeu, était en
perte. Si, comme on le dit, la crainte
au jeu porte malheur, c'est que la
crainte, comme la vivacité et l'impatience, ôte la présence d'esprit qui
peut faire éviter les fautes.

Elmonde ne poursuivait plus le sort
avec la même ardeur et le même enté-
tement. Le peu d'argent qu'elle possédait la forçait à modérer ses mises.
Elle persistait à ne rien recevoir de
Clainval, et prenait autant de soin pour
conserver son indépendance, que celui-

ci en prenait pour la lui faire perdre.

Il avait fait résilier, faute de paiement, le traité de vente de la maison de Clignancourt. Le banquier Delorme avait fait saisir les meubles, les chevaux, la voiture, et pour cela il était d'intelligence avec Clainval, qui paraissait en faire suspendre la vente par sa médiation. C'est par un pareil moyen qu'il excitait ou retenait les plaintes bruyantes de nouveaux créanciers que n'aurait point eu Elmonde s'il ne lui avait fait espérer une prompte rentrée d'argent qu'il s'était chargé de recevoir pour elle. Si Elmonde était débitrice, elle était aussi créancière. Elle l'avait été plus d'une fois par obligeance, et avait fait quelques ventes volontaires de mobilier dont elle n'avait pas encore été payée.

Quoique Clainval eût la noire intention de tirer parti de sa pénible position pour la rendre favorable à ses désirs, il avait osé lui faire entrevoir que si elle avait pour lui des bontés qu'il n'énonçait qu'à demi, il n'y aurait plus d'obstacle à ce qu'elle rentrât promptement dans la pleine propriété de la maison de Clignancourt, du bel appartement de la Chaussée-d'Antin, et de tout son mobilier.

Un jour, entre autres, il vantait les douceurs d'une vie d'amour libre du joug du mariage. Dans ces momens si cruels pour Elmonde, et qui lui faisaient sentir toute l'horreur de sa position, elle pâlissait, restait immobile, regardait Clainval avec un air de frayeur, et aurait craint de compromettre sa dignité en lui adressant un reproche. Il savait toujours faire attribuer ses ir-

respectueux procédés à une étourden
qui , vu son âge , n'aurait paru qu'u
ridicule , si les grâces dont il l'acco
pagnait ne l'eussent rendue séduisant
pour la plupart des femmes.

Le peu de fruit qu'il avait retiré d
la bassesse des moyens auxquels il avai
eu recours pour s'emparer d'un bie
auquel Saint-Léon avait seul des droits
le détermina à parler mariage d'un
telle manière, qu'Elmonde, quoiqu'ell
fût habile à lire dans la pensée, ne pû
douter de sa bonne foi: Il lui avai
montré un renoncement à la main d
la comtesse , en l'invitant à le faire par
venir elle-même : elle s'y était refusée;
y eût - elle consenti , Clainval aurait
arrêté la lettre sur la voie qu'on lui
aurait fait prendre. Il paraissait tellement épris , la joyeuse ivresse qu'il
faisait éclater au moindre mot qu'il in-

terprétait, comme si ce mot eût en
couragé sa demande, avait un si grand
caractère de vérité, qu'Elmonde, qui
lui avait des obligations, croyait devoir
sortir avec lui du cercle de leurs lé-
gers entretiens. Elle ne refusait ni
n'agréait cette recherche, quelque sé-
duisante qu'elle fût pour elle, puisqu'en l'acceptant, elle se retirait de
l'abîme ou le jeu l'avait précipitée ;
mais toutes les fois que dans son imagination elle mettait Clainval à côté de
Saint-Léon, elle était tentée d'éconduire le premier.

Pour consentir à un mariage vers
lequel son cœur était loin de la porter,
il fallait du moins qu'elle sût de la bouche même de Saint - Léon qu'il avait
renoncé à elle, ou qu'il avait contracté
un autre engagement. Le pouvoir sympathique qui les avait attirés l'un vers

l'autre au moment où ils s'étaient vus pour la première fois , se rappelait à son esprit ; elle trouvait dans l'infidélité qui lui avait été annoncée quelque chose de surnaturel. Pour y croire entièrement , elle avait besoin d'en voir la preuve ailleurs que dans des lettres; elle voulait donc , pour former irrévocablement d'autres nœuds, attendre dans sa douloureuse anxiété le retour de Saint-Léon à Paris. Tout portait à croire que , malgré ce qu'elle avait vu dans la lettre adressée à Comtois, Saint-Léon ne tarderait pas à revenir. Sa mère, qu'il idolâtrait, était dangereusement malade ; on lui avait envoyé un exprès pour l'en instruire.

Durozel était revenu depuis peu du régiment qu'il avait rejoint après l'expiration de son congé. Il ne s'éloignait guère de chez madame de Crancey.

Ce que Dolainville lui avait rapporté
des folies d'Elmonde, l'avait tellement
indisposé contre elle, qu'il était résolu
de se joindre à Dolainville pour porter
obstacle à l'union de Saint-Léon avec
elle.

CHAPITRE XII.

La procession de St.-Janvier.

UNE lettre écrite de Naples, par Saint-Léon à Dolainville, et que nous allons rapporter, désola ses amis et ajouta à la tristesse que causait la maladie grave de sa mère.

» Je suis, marquait-il, dans un désordre inexprimable : Eliane à été enlevée : depuis trois jours je fais des recherches, j'obsède de mes réclamations les chefs de la police, aucune lumière ne me parvient.

» Mes affaires venaient d'être terminées; nous avions visité les beaux monumens de la ville, qui en offre

peu, nous avions admiré les chefs-
d'œuvres des plus grands peintres,
principal objet de la curiosité d'Eliane,
notre départ n'était retardé que parce
que nous voulions voir la procession
de St.-Janvier. Tu sais sans doute qu'il
est dans la croyance des Napolitains
qu'à deux époques de l'année, le sang
du saint se liquéfie. Une procession a
lieu, les deux ampoules sont tirées
du petit tabernacle de bronze à porte
d'argent où on les tient renfermées.
Un peuple innombrable se trouve
alors ou à la chapelle ou au siége auquel la procession solennelle fait sta-
tion; il demande à saint Janvier, avec
des cris confus, des soupirs et des bat-
temens de mains, que le miracle s'o-
père; s'il ne s'opère pas promptement,
mille voix s'élèvent et crient avec l'air
de l'impatience et de la colère: *San*

Genarofa dun que presto ; ce qui veut
dire : *St. Janvier, dépéchez-vous donc.*
Lorsque la liquéfaction n'a pas lieu,
s'il se trouve là quelqu'étranger qui
ne prenne point part aux exclama-
tions du peuple, ou dont la figure dé-
plaise, on imagine que c'est un héré-
tique, et sa vie court du danger.

Eliane s'était un peu séparée de moi
pour voir le miracle de plus près.
Deux hommes de mauvaise figure
prétendent qu'elle a ri, et se jettent
sur elle ; un autre que j'avais remarqué depuis quelques momens, parce
qu'il se tenait avec affectation auprès
d'elle, dit qu'il se charge d'en faire
justice. Je m'efforce d'aller vers eux,
j'en suis empêché par la foule, mais
je peux suivre de l'œil Eliane jusqu'à
une porte latérale par laquelle on la
fait sortir : je m'y dirige le plus

promptement qu'il m'est possible,
mais j'arrive trop tard. Lorsque je suis
hors de la cathédrale, je ne vois qu'un
groupe de gens du peuple. Je demande
ce qu'est devenue la jeune personne
qu'on vient d'arrêter; on me dit que
l'homme qui paraissait commander
aux deux autres, leur a donné de
l'argent, a fait monter la dame en voiture, et y est monté lui-même après
elle, mais on ignore où elle est conduite.

» Je vais continuer mes informations et mes démarches, et certes
je ne partirai point sans avoir retrouvé
Eliane morte ou vive. Les chefs de la
police tâchent de dissiper mes craintes
sur sa sûreté, et croient que cet en-
lèvement est seulement l'œuvre d'un
amateur de belles filles qui aura voulu
mettre à profit la circonstance.

» Faut-il, mon cher Dolainville, qu'en amitié comme en amour les coups les plus terribles me soient portés !

» *P. S.* On me remet une lettre de Durozel, qui achève de bouleverser mes sens; il me marque que ma bonne mère est dangereusement malade, qu'elle m'appelle sans cesse, que ses médecins donnent peu d'espérance, et que je dois partir sans délai si je veux jouir encore de ses embrassemens. Rien n'égale ma douleur et ma perplexité. Que faire? j'ai deux devoirs sacrés à remplir, et mon cœur m'en fait le plus pressant besoin, mais il faut que je manque à l'un ou à l'autre. En n'allant point à la recherche et au secours d'Eliane, je livre une fille angélique à des assassins ou à des infâmes, je me prépare d'éternels regrets, je fais peser sur

ma tête une énorme responsabilité,
j'attire sur moi d'horribles soupçons,
j'aurai à percer moi-même le cœur
d'une mère par l'annonce de la perte
de sa fille ; et si je m'occupe de la
délivrance d'Eliane, je m'expose à ne
pas recevoir le dernier embrassement
et la bénédiction de la meilleure des
mères, dont ma présence, mes soins
pourraient contribuer à conserver les
jours.; je serai regardé comme un fils
barbare, accusé peut-être d'avoir sa-
crifié à un coupable amour ce que je
devais à la nature. Et quand je suis
placé au milieu de deux êtres chéris
près peut-être de perdre la vie, si
dans ce moment ils ne l'ont perdue, une
femme éclatante de beauté s'offre à
moi, malgré moi, m'émeut également, me reproche aussi de l'avoir
abandonnée.

» Ma mère ! Eliane ! et toi Elmonde que mon imagination affranchit du voile honteux dont on te couvre , ah ! que les vœux que je forme pour vous soient exaucés ! Supplée moi, mon cher Dolainville, auprès de ma tendre mère, et si dieu veut la rappeler à lui, qu'au moment d'expirer le nom et l'amour de son fils soient les derniers mots qu'elle entende. »

Quelques jours se passèrent, sans qu'on eût des nouvelles de Saint-Léon. Dans cet intervalle de temps il perdit sa mère, dont les derniers mots furent un vœu pour le bonheur de son fils.

CHAPITRE XIII.

Piéges tendus.

—

*Lettre d'Elmonde à la comtesse
Louise de Wilmar.*

Paris, le...

« Que vais-je t'apprendre, chère
Louise ? comment te dire ce qui cause
à la fois ma honte et mes remords, ce
qui m'a dépouillée de mon plus bel
ornement, de mon plus beau titre à
l'estime. Vingt fois, depuis quatre jours,
j'ai pris la plume pour t'en instruire,
vingt fois la plume m'est tombée de la
main. Je cède à l'espérance de trouver sur la terre une âme généreuse qui
veuille bien m'accorder de l'indulgence
et de la pitié.

» Clainval était venu me voir avant
l'heure du dîner ; il avait à me parler
d'affaires. Après m'avoir rassurée sur
une menace de la vente de mes chevaux et de ma voiture, il m'entretint
de diverses autres choses qu'il croyait
m'être agréables. En gémissant sur ma
position, dont il disait qu'une fausse
délicatesse m'empêchait d'adopter les
moyens de me faire sortir, il avait un
ton de sentiment qui me paraissait
plus vrai que celui qu'il mettait ordinairement dans son langage lorsqu'il
me parlait sur un pareil sujet ; il savait
se faire entendre, et il m'avait presqu'attendrie. Me plaisant à sa conversation, je ne pus lui refuser d'assister
à ma toilette, et faisant réflexion que
nous n'aurions pour témoins que Betzi
et mon valet Franck, je le retins à
dîner. Il me montrait de ces attentions

qu'on n'a guère que pour les personnes qu'on aime véritablement. Je pensais à la douceur de la vie que mènent, dans leur intérieur, deux époux bien unis : je me disais ce que je m'étais déjà dit souvent, que si je n'étais l'épouse de Saint-Léon, il faudrait bien que je la fusse de Clainval. Lorsque, pour mieux connaître sa pensée, j'avais su animer notre entretien, j'étais quelquefois tentée de lui croire de la sensibilité et de l'esprit ; enfin il me donnait de lui une meilleure opinion que celle que j'en avais eue jusque-là.

Avant le dîner nous fûmes au jardin, où je ressentis les doux effets que produisent sur les sens les premières faveurs printanières. Il cueillit des fleurs à peine écloses, et en formant un bouquet, il m'en fit respirer l'odeur. En la respirant, je le regardai,

et je puisai dans ses yeux un feu qui
me tourmenta le reste du jour.

» Après le dîner, nous prîmes madame de Romancé, et nous nous rendîmes chez madame de Saint - Ange.
Je jouai ; mon adversaire était faible,
je gagnai ; il doubla ses mises, et sa
bourse étant apparemment vide, il se
leva, me laissant une assez forte somme,
et me faisant ses excuses de ce qu'il ne
pouvait jouir davantage du plaisir de
faire ma partie.

» Après avoir beaucoup gagné,
dansé, et ri, détournant toutes les
idées qui m'auraient rendu présentes
ma situation réelle et l'image de Saint-
Léon, je consentis à aller avec Clainval au petit souper de madame de
Romancé. Je partageai la gaîté et les
folies des convives. Quoique tu me
connaisses très-sobre, j'eus la faiblesse

de boire un peu trop de ces liqueurs,
de ces philtres enivrans que doivent
éviter les femmes qui veulent être
sages. Il était près de deux heures
lorsque Clainval me ramena chez moi.

» Betzi parut à la porte, et nous dit
d'une voix émue qu'elle croyait qu'il
y avait un voleur dans la maison,
qu'elle avait entendu beaucoup de
bruit du côté de ma chambre à coucher, qu'elle avait été trouver Franck,
endormi alors dans l'office, et que
Franck, qu'elle avait réveillé, après
lui avoir dit qu'elle était une folle,
s'était rendormi. Tu sais, ma chère,
comme je suis peureuse ; je ne pouvais me dispenser de consentir à ce que
le marquis fît avec Franck la visite des
lieux où le bruit avait été entendu.
Nous vîmes qu'on avait tâché de forcer
la serrure de la porte de ma chambre.

lorsque nous fûmes à un petit grenier qui est au-dessus, nous trouvâmes ouverte la croisée qu'on tient fermée ordinairement, et par laquelle nous pensâmes que le brigand était sorti. Il pouvait rentrer.

» J'étais tremblante, je ne voulais pas me coucher, et je fus très-aise de pouvoir faire passer la nuit à Clainval dans une chambre à côté de la mienne. Le sommeil, que j'avais tâché de combattre, me gagna en un instant; il devint plus profond; bientôt je m'éveillai, et en m'éveillant je me trouvai dans les bras de Clainval. Je le repoussai, il était trop tard; je ne peux t'exprimer toutes les réflexions qui vinrent à la fois m'assaillir. Dès ce moment Clainval a perdu le peu de charmes qu'il avait à mes yeux. Je le hais, oui, je t'assure, je le hais; il y a de la terreur dans le sentiment que m'a laissé son manque d'honneur et de délicatesse. S'il s'était montré quelque temps tel que je l'ai vu le jour dont je viens de te parler, et où j'ai agi avec autant de légèreté, si par ses attentions et ses procédés il avait su ; comme ce jour-là, me faire quelquefois oublier Saint-Léon, il aurait pu me devoir à moi-même ; je ne t'ai point caché l'impression qu'il faisait sur mes sens ; mais je peux d'autant moins lui accorder le pardon qu'il sollicite d'un ton avantageux, et comme s'il était sûr de l'obtenir, que je soupçonne fort d'avoir été la victime d'un plan concerté. Mes reproches ont été ceux d'une femme qui avait droit aux respects, et peu disposée à souffrir de nouvelles offenses.

» Je ne sens que trop, ma chère amie, qu'il faut que je ménage cet

homme-là. Je crois qu'on ne blesserait
pas impunément son amour propre :
la légèreté de ses propos le rend extrêmement dangereux. Ce que je lui ai
entendu dire des femmes que je con-
nais, et qui, dans la société, ne man-
quent pas de considération, m'autorise
à croire que je ne serai pas plus épar-
gnée ; ce n'est pas là une de mes
moindres peines, et tu conçois celles
qui, pour que je les supporte, deman-
dent dans moi un courage qui chaque jour est prêt à m'abandonner. Ma
plus grande est celle de penser qu'il
n'y a plus que mon union avec Clainval qui puisse me mettre à l'abri du
déshonneur et de l'infamie. Mais,
Saint-Léon ! O Dieu ! depuis la fatale nuit, lorsque son image, que je
voudrais éloigner, se présente à mon
esprit, j'éprouve un serrement de

cœur inconcevable. Mais Clainval lui-
même, ses désirs étant satisfaits, ne
me retirera-t-il pas la main qu'il m'a
offerte ? Il se montre encore empressé,
mais cet empressement me paraît avoir
pour but de me faire accorder à l'a-
mant ce que l'époux seul pourra obtenir. Puisque notre union est devenue
pour moi un malheur nécessaire, je
l'ai invité à fixer le jour où elle doit
avoir lieu. Il a hésité à me répondre ;
mais voyant mon saisissement, il a
prononcé avec embarras le mot *quin-
zaine*. Je concentre, ma chère, tout
ce que j'éprouve : l'expression en serait trop douloureuse pour toi comme
pour moi.

» Quoique mes affaires soient plus
que jamais dans un mauvais état ; et
malgré le grand besoin que j'ai d'argent ; je m'obstine toujours à refuser

ce qui m'est offert par Clainval. C'est surtout dans la circonstance actuelle que je veux être avec lui, autant qu'il me sera possible, dans l'indépendance. Je te prie donc de me faire parvenir par M. Gramm, dans le plus court délai, ce qu'il a d'argent à ma disposition. J'ai adressé mes remercîmens à ce bon et honnête homme.

» Je te mettrai, ma chère Louise, au courant de ce qui pourra m'arriver. »

Si, au petit souper de madame de Romancé, Clainval avait employé un moyen assez connu pour disposer El-monde à devenir involontairement sa proie, madame de Romancé n'avait eu aucune part à cette coupable action. Elle s'était sincèrement attachée à sa voisine, et pour être en état de lui donner d'utiles avis, elle cherchait à bien connaître les intentions de Clain-

val, mais celui-ci s'était jusque-là
tenu en garde contre une surveillance
par l'effet de laquelle son plan pouvait
être dérangé.

Betzi avait suivi ce qui lui avait été
prescrit par Clainval; elle avait profité du sommeil de Franck pour aller
ouvrir la fenêtre du grenier, et pour
fausser à l'appartement de sa maîtresse
la serrure de la porte.

Autre lettre d'Elmonde à Louise de Wilmar.

« Je ne sais, ma chère Louise, où
je suis conduite; privée de la faculté
de disposer de moi, faculté qui m'é-
tait si chère. Il faut que je cède à des
caprices, à des volontés : oui, à des
volontés ; car insensiblement Clainval
a pris avec moi un ton que, malgré

ses excuses, je peux regarder comme impérieux. Si je ne m'empresse de faire ce qu'il désire, il montre de l'humeur ou de l'impatience. Il faut que j'aille avec lui dans sa voiture, que nous nous montrions ensemble au spectacle, que je l'accompagne chez plusieurs de ses connaissances dont j'ai lieu de concevoir une idée très-défavorable, que je ne me donne point un ridicule en refusant de prendre des cartes au jeu. Il m'a prié en grâce de ne parler à personne de notre prochain mariage; des raisons concernant sa famille lui font, dit-il, désirer que ce mariage se célèbre secrètement; mais, après la conclusion, il tiendra à honneur de me faire paraître avec éclat comme son épouse.

» Suis-je assez abaissée! et comment sortir de cet état avilissant, sans m'exposer à tomber dans un autre que je n'envisage qu'avec horreur, dans les supplices de la misère ?

» Clainval perd chaque jour avec moi de ces qualités qui, dans le mende, font trouver un homme aimable. Il n'apporte dans la conversation qu'une gaîté factice, un jargon froid et insipide qui à la fin vous fatigue et vous ennuie : rien de neuf, de pensé, de senti ; il se répète toujours et ne se renouvelle jamais.

» Ce n'était pas ainsi, ma chère, que je t'en parlais dans les premiers temps où je l'ai connu ; mais alors je n'avais pas vu Saint-Léon. »

Autre lettre d'Elmonde à Louise de Wilmar.

«O ma chère, que de nuages s'épaississent, s'amoncellent sur ma tête!

Clainval me fait frémir ; je crois qu'il n'a ni l'intention ni le désir de m'épouser. Si je lui en parle, je vois son embarras ; si je le presse, je l'importune. Aucune disposition ne se fait. Je m'avance dans les ténèbres, cherchant en vain quelqu'appui, et me croyant près de tomber dans un précipice.

» Croirais-tu, ma chère, que ce Clainval si tendre, si soumis, lorsqu'il sollicitait de moi la faveur d'un mot, la douceur d'un regard, me parle quelfois avec hauteur, même avec dureté ? Si je repousse ses caresses, il fronce le sourcil, et me dit, en se retirant, une parole qu'il croit rendre piquante. Le refus d'une de ces bontés que l'amour seul justifie, fait changer tous les traits de son visage. Je crois qu'il pense à se venger de ce qu'il appelle

une cruauté à laquelle il était loin de
s'attendre. Tantôt il ridiculise, tantôt
il me reproche l'amour qu'il m'a vu
pour Saint - Léon ; il se fait un odieux
plaisir de me parler de celui qu'il ose
appeler son rival, de la préférence qu'on
sait que celui-ci a donnée sur moi à une
jeune fille sans fortune. « Il l'a, m'a-t-il
» dit, emmenée en Italie pour vivre
» plus librement avec elle ; je viens
» d'apprendre, a-t-il ajouté, qu'il veut y
» prolonger son séjour jusqu'à ce qu'il
» ait retrouvé son Éliane, qu'il pré-
» tend lui avoir été enlevée ; mais on
» ne voit dans cette histoire, faite à
» plaisir, qu'un prétexte pour retarder
» son retour à Paris. C'est ainsi qu'il
» a abandonné sa mère ; le chagrin
» qu'elle en a eu aura sans doute con-
» tribué à la maladie qui l'a conduite
» au tombeau. »

» Quel indigne propos ! non , l'âme de Saint - Léon m'est assez connue pour que je le croie incapable d'aucun mauvais sentiment, d'aucun mauvaise action. Il adorait sa mère , comme il en était adoré. Si j'ai perdu son amour, je n'en dois sans doute accuser que la double imprudence que j'ai commise en me livrant au jeu , quoiqu'il m'en ait montré la séduction et les dangers, et en affichant pour ainsi dire ma liaison avec ce Clainval qui ne lui inspirait que du mépris.

» Et c'est cet homme dédaigné par Saint - Léon , que j'ai choisi pour le remplacer ! O ma Louise ! je ne sais ce qui me retient quand je pense que je devrais plutôt mourir que de former un pareil nœud : mais le formerai-je en effet ? et l'horreur de ma position ne m'a-t-elle point aveuglée sur le parti qu'il convenait le mieux que je prisse? Ma tête se perd et je suis tentée...... Mais pardon, chère Louise, pardon, ne t'effraie point : tu n'auras pas en vain soutenu mon courage. Je dois en avoir, puisque j'ai mérité cette misérable destinée à laquelle n'échappent point ceux qui, méconnaissant les conseils de la sagesse, ont tenu une conduite pareille à la mienne.

» *P. S.* J'oubliais de te dire qu'il y a deux jours je me suis mise dans un grand embarras : craignant que Clainval ne réparât point par le mariage l'action dont il s'est rendu coupable envers moi, j'avais écrit pour lui un billet dans lequel je l'invitais à ne point me laisser dans le doute sur ses vues; je lui disais que ce qui avait eu lieu dans la nuit où il avait si indignement abusé de mon sommeil et de ma confiance dans ses sentimens d'honneur, pouvait avoir des suites qu'il devait prévenir par une prompte exécution de sa promesse. J'avais remis ce billet à Betzi, pour qu'elle le lui portât; mais, réfléchissant à l'abus qu'un homme du caractère de Clainval pouvait faire de ce billet, je courus aussitôt pour le reprendre. Betzi était déjà partie.

» Autre circonstance qui me donne également de l'inquiétude : je ne retrouve plus le portrait dessiné de Saint-Léon. Betzi, je n'en doute plus, sert les vues de Clainval, quelles qu'elles soient. Je me respecte trop pour avoir avec cette fille une explication à ce sujet, et elle a trop les moyens de me nuire pour que je ne doive pas éviter de l'indisposer contre moi.

» Quant au portrait, dont Clainval

peut abuser comme de mon billet,
pourrais-je le lui demander quand il
aurait droit d'en exiger le sacrifice ? »

*Autre lettre d'Elmonde à Louise
de Wilmar.*

« Partage, ma chère, les mouvemens de ma juste indignation! je voudrais les faire éclater publiquement,
mais il faut que je les comprime.

» Clainval m'avait dit qu'il allait
passer deux jours à sa campagne, qui
n'est qu'à deux lieues d'ici ; qu'il voulait y faire arranger un appartement
digne de recevoir sa belle épouse. Ce
ne fut qu'avec répugnance que je lui
permis de m'embrasser ; sa fausseté
était empreinte jusque dans le son de
sa voix.

» Le lendemain, madame de Romancé vint me voir : j'étais encore au lit ; son trouble me fit juger qu'elle avait une mauvaise nouvelle à m'apprendre. — Ne me cachez rien, lui dis-je, je m'attends à tout de Clainval. Elle me donna une lettre qu'elle avait reçue de lui vers le soir, et qui devait m'être communiquée : elle n'avait pas voulu, dit-elle, me la remettre le soir même, pour ne pas me faire passer une mauvaise nuit. J'en avais passé une assez mauvaise. Saint-Léon, dans un songe, l'œil enflammé, et un poignard à la main, n'avait cessé de me poursuivre. Lis, ma chère, et vois à quel homme je confiais le soin de ma destinée.

« Madame,

» Je n'ai point osé dire à madame la baronne d'Alkolf ce que je vous

écris ; je vous prie de lui en faire part.
Je lui avais demandé sa main, et j'é-
tais réellement dans l'intention de l'é-
pouser ; mais des parens avec lesquels
je ne veux pas me brouiller pour la
vie, me font à ce sujet une guerre
continuelle. Je veux être en paix avec
tout le monde. D'un autre côté, l'état
de détresse dans lequel se trouve madame la baronne a pour moi quelque
chose d'effrayant ; je dois craindre d'ailleurs qu'après avoir perdu sa fortune
au jeu, elle n'y perde encore la mienne,
car je n'aurais point le courage de lui
rien refuser. Enfin ce qu'on dit d'elle
dans mes sociétés est d'une telle nature, que si j'y paraissais comme son
mari, on ne manquerait pas de m'y
montrer au doigt. Il en serait autrement si madame la baronne m'appar-
tenait à un autre titre qu'à celui qu'elle

voudrait avoir. Je suis de bonne composition ; madame la baronne doit l'être aussi ; car la position dans laquelle ses fautes l'on jetée ne lui permet pas d'espérer mieux que ce que je vais lui proposer.

»Je paierai toutes ses dettes, je lui conserverai ses chevaux et sa voiture.

»Je m'engagerai à lui laisser toute sa vie la jouissance de la maison de Clignancourt, et celle du riche appartement de la chaussée d'Antin, ou de tout autre également orné.

»Je ne voudrai d'elle que la faveur de la voir librement quelquefois, et celle d'en être accompagné aux lieux d'amusement où j'aimerai à la conduire.

»Vous êtes son amie, madame, tâchez de la déterminer à accepter mes offres ; faites-lui voir l'abîme où elle va tom-

ber; si elle s'y refuse; dites-lui bien
que dans l'état où elle est, il faut
perdre de sa fierté pour éviter une
grande honte et de grands repentirs. Un
homme de confiance ira vous demander le résultat de votre médiation. Si
mon espérance est trompée, il ira chez
elle, et lui remettra les notes que j'ai
prises sur ses affaires, qu'elle adminis-
trera elle-même ou fera administrer
par qui bon lui semblera.

» Le banquier Delorme m'a dit hier
qu'il ne voulait pas attendre davantage, que dès aujourd'hui il allait prier
madame la baronne de vider les lieux,
et qu'il ferait vendre le mobilier, particulièrement les chevaux et la voiture.

» Madame la baronne doit compter
sur mes procédés; ils seront ceux d'un
galant homme. Je lui promets de ne

parler à personne des bontés qu'elle a
eues pour moi. »

La lecture de cette insolente lettre
me faisait tant souffrir qu'à chaque
phrase je l'interrompais ; un poids
énorme pesait sur moi ; plus j'avançais
dans cette cruelle lecture , plus mon
oppression augmentait : je me croyais
sur le point d'être anéantie ; j'aurais
voulu l'être , et je repoussais les secours que me donnait madame de
Romancé. Enfin , révoltée par tant
d'audace , de perfidie , de noirceur et
de bassesse, je n'éprouvai plus qu'un
froid mépris pour le lâche auteur de
cette lettre ; ma conscience et ma
fierté m'élevèrent au - dessus de lui,
et le sentiment d'une supériorité réelle
me fit me trouver dans la même disposition d'esprit où j'étais avant l'arrivée de madame de Romancé. Elle ap-

plaudit à ma juste appréciation de ce
que méritait Clainval. Je n'avais rien
perdu de ce dont une âme noble doit
s'enorgueillir ; j'avais été si peu tentée
du partage de la fortune de ce Clainval,
partage que je ne pouvais devoir qu'à
une association dont depuis quelques
jours l'idée seule m'effrayait, que dans
les mouvemens qui m'avaient saisie,
je n'y avais pas même pensé. A la vérité, je me voyais au moment de perdre
la possession de ce qui me faisait tenir
encore un peu à l'ordre social, au moment de me trouver dans le dénuement le plus absolu, accablée des demandes, des plaintes, des injures de
créanciers dont je pensais bien que
Clainval ne m'avait pas délivrée, même
à l'aide de mes propres fonds, car j'a-
vais pu reconnaître qu'il voulait, par
ma ruine, se rendre plus maître de

moi, mais il est des âmes tellement trempées que dans les événemens où elles sont sans reproche, le courage ne les abandonne pas aisément. L'espérance s'est jointe au mien pour me soutenir. Avec l'argent qui m'est dû, et celui qu'à chaque instant je peux recevoir du bon M. Gramm, sans doute je m'affranchirai du poids de ce qui me reste de dettes, et l'emploi que je pourrai faire des talens que j'ai acquis pour mon agrément, sera sans doute assez fructueux pour me faire pourvoir à une existence que je ne supporte plus que parce que ma chère Louise l'a confondue avec la sienne.

» Tu t'es injustement prévenue contre madame de Romancé. Son éducation négligée l'a fait, il est vrai, manquer de bonnes règles de conduite, mais on lui attribue dans le monde plus de

travers d'esprit et de ridicules que de
vices; son cœur est bon, et elle m'en
a donné plus d'une preuve.

» Voici le billet que j'ai adressé à
Clainval, et que madame de Romancé
a remis à l'homme de confiance qu'il
avait annoncé.

» Je n'ai point eu pour vous ce que
vous appelez des *bontés*, et si vous
faites abus de ce que vous n'avez dû
qu'à un lâche procédé, je saurai vous
livrer à l'indignation des gens de bien,
dussé-je le faire publiquement.

» Je vois que vous ne me pardonnez
pas une répugnance que vous avez re-
marquée en moi, et dont l'offre de
votre main n'a pu triompher; mais
pourquoi, avec une fortune qui vous
rend aussi stupidement dur et fier,
êtes vous autant dépourvu de ce qui
fait la vraie richesse et la plus belle

parure de l'homme? si je dis l'honneur; je ne sais si vous m'entendrez: à cette invincible répugnance se joint un sentiment qui m'empêche d'attacher de l'importance, et de répondre plus au long à ce que vous m'avez écrit.

» La baronne d'ALKOLF.»

» L'homme de confiance de Clainval m'a remis les papiers relatifs à mes affaires, dont celui-ci s'était chargé, et l'argent qu'il avait à moi. Presque rien n'a été payé, et ce qui était à recevoir est encore dû.

» La vente de mon mobilier se fait avec éclat. Plus de chevaux ni de voiture : de mes vêtemens, ceux que j'ai sur moi sont les seuls qui me seraient restés si madame de Romancé n'avait su en soustraire avant l'arrivée des huissiers. En cela elle a agi malgré

mon intention, et à mon insu. Je
voulais, pour me loger, prendre quelques chambres garnies à Paris, où il est
facile de rester ignoré ; madame de
Romancé m'a tant fait de prières, a
tant versé de larmes, qu'à la fin il m'a
fallu consentir à demeurer avec elle ;
mais j'ai fait mes conditions. J'ai encore refusé l'argent qu'elle voulait que
je prisse. Dès ce jour plutôt mourir
que de rien recevoir de personne, et
de contracter des dettes que je ne
pourrais acquitter. J'ai congédié Betzi
qui n'en a point paru fâchée. Mon
fidèle Franck me reste ; le pauvre
garçon me suppliait en pleurant aussi
d'accepter une assez forte somme qu'il
a amassée à mon service : son écono-
mie et sa bonne conduite lui ont seules
ménagé cette ressource.

« P. S. Au moment où j'allais fer-

mer ma lettre, je reçois, avec celle
que tu m'adresses, l'argent envoyé par
M. Gramm. Cet argent arrive bien à
propos, car de durs créanciers, ameu-
tés je crois par Clainval, me poursui-
vent jusque chez madame de Romancé.

» Je te répondrai plus tard.»

Voici le contenu de cette lettre que
madame de Wilmar lui adressait :

« Ce que tu m'as écrit a bouleversé
tous mes sens. Je ne vois que trop que
tu n'obtiendras point du marquis la
réparation qu'il te doit. Pour moi, je
crois que j'aimerais mieux vivre misérable que de m'unir à un pareil
homme. L'insolent! il voudrait faire
de toi sa maîtresse.

» Ne te décourage point, chère Elmonde, tu n'as perdu que ta fortune ;
et que t'importerait l'opinion de ces
gens du monde sans indulgence pour

les faiblesses , sans pitié pour ceux que le sort a trahi , ou prompts , sur les apparences , à dédaigner ce qui est digne d'estime , si tu adoptais le parti que je t'ai proposé, si tu t'empressais de mettre un grand intervalle entre cet infernal Paris et une retraite que je peux t'offrir ? Je conçois ce qui te donne de la répugnance pour une habitation voisine de Dusseldorf , mais avec des précautions , tu peux y vivre quelque temps ignorée ; j'irais t'y recevoir, serrer encore dans mes bras ma chère Elmonde. On me propose en échange de ma terre un bien à peu près du même produit, à vingt lieues de notre ville. Dis un mot , l'échange s'effectue ; nous vivrons ensemble à l'abri des traits de la méchanceté ; lorsque tu jeteras un regard en arrière, et que tu penseras à la position

dans laquelle tu es présentement, tu
reconnaîtras que dans la vie les biens
se compensent avec les maux, et tu te
consoleras de tes pertes.

« Toujours ton amie. LOUISE. »

CHAPITRE XIV.

Le déguisement.

LE retard de l'arrivée de Saint-Léon, et ce qu'il avait marqué de l'aventure d'Eliane, donnaient beaucoup d'inquiétude à ses amis. Durozel proposait d'aller le chercher à Naples. Elmonde n'ayant point reçu de réponse à ce qu'elle lui avait écrit, et le regardant comme perdu pour elle, se bornait à prendre des informations dont l'inutilité ajoutait à ses peines. Quelquefois elle se persuadait qu'il n'existait plus; ses rêves ne le lui offraient que sous des images effrayan-

tes. Elle avait lieu d'être satisfaite
des procédés et des attentions de sa
compagne, qui renonçait pour elle
à l'habitude qu'elle avait d'aller à
Paris dans les sociétés où on la
voyait avec plaisir et où elle jouait le
plus souvent. Madame de Romancé
lui avait donné son homme d'affaires,
qui était parvenu à éclaircir ce que
le marquis n'avait fait qu'embrouil-
ler, et qui avait retiré tous les titres
de créance par lesquels elle s'était enga-
gée. La rentrée de ce qui lui restait dû
lui permettrait d'attendre qu'on lui
apprît si elle pourrait recueillir quelques débris de sa grande fortune, car
le zèle et l'habileté de son intendant
lui laissaient encore des espérances.
La généreuse proposition que lui faisait madame de Wilmar lui plaisait
beaucoup, mais elle savait que cette

amie n'était pas riche, et le goût d'une
parfaite indépendance dominait chez
elle. Elle différa de lui répondre. A
mesure que le temps de ses plus
grandes afflictions s'éloignait, elle re-
couvrait un peu de calme, et madame de Romancé, pour la distraire
de la sombre mélancolie dans laquelle
elle tombait par intervalles, la mena
à Paris chez des personnes qui vi-
vaient modestement, où l'on s'amu-
sait un peu, et où elle n'avait à craindre de trouver ni Clainval ni aucune
des personnes d'un haut ton que la
comtesse d'Egligny lui avait fait connaître. Aucun mauvais propos sur
son compte ne lui était rapporté.
Madame de Romancé, après avoir
été seule à quelques soirées chez madame de Saint-Ange, l'assura qu'elle
n'y avait entendu dire que des choses

flatteuses sur son compte, qu'elle y était regrettée, qu'à la vérité on n'ignorait point la vente qui s'était faite à Clignancourt, mais qu'elle avait cru pouvoir attribuer cette vente à une perfidie de Clainval, qui avait abusé de sa confiance et avait voulu se venger de ses rigueurs; que personne ne croyait qu'elle fût dans la gêne. Elle lui apprit aussi que madame la comtesse d'Egligny, indignée des propos que tenait Clainval contre elle, n'avait plus voulu le voir, qu'elle avait renoncé à leur mariage, et que depuis ce temps il ne paraissait plus dans la société. Il devait, disait-on, rester plusieurs mois à sa campagne, où il menait la vie la plus licencieuse avec des amis aussi perdus que lui de mœurs et de réputation.

Dans une des maisons où madame

de Romancé allait avec sa compagne, on jouait à l'écarté, mais on jouait petit jeu. C'était assez pour qu'Elmonde s'y plût davantage que dans toute autre maison. Là elle était heureuse à ce jeu, qui, malgré ses pertes, avait toujours beaucoup d'attrait pour elle. Madame de Romancé ne trouvait point d'inconvénient à ce qu'elle fût de temps en temps chez madame de Saint-Ange, pourvu qu'elle n'y jouât qu'un jeu modéré : elle l'y conduisait, et agissant librement avec elle, elle ne lui laissait y porter que peu d'argent.

Les désirs d'Elmonde étaient impérieux : la leçon de l'expérience était souvent perdue pour elle ; on n'en doutera point en pensant que ni les avis de Saint-Léon, ni son amour pour lui, ni les instances de son amie madame de Wilmar, n'avaient été assez puissans pour la faire renoncer au jeu. Etait-on dans le feu des parties, elle ressentait la même ardeur qu'éprouve un guerrier lorsqu'il voit s'engager un combat où il peut acquérir de la gloire. Ce n'était point, nous l'avons dit, qu'elle fût avide de gain, l'exemple l'avait d'abord entraînée, elle avait cherché ensuite à rentrer dans ses fonds. L'illusion des joueurs a quelque chose de singulier; lorsqu'ils se mettent au jeu, ils n'ont que l'idée du gain, ils ne croyent pas, pour ainsi dire, à la possibilité de la perte. Lorsqu'ils ne peuvent saisir ce que leur promettait leur imagination, ils souffrent comme si on portait atteinte à leur propriété.

Elmonde se défendait d'être joueu-

se par caractère, elle l'était devenue sans s'en apercevoir. Le souvenir de ces heureux momens où, dans
un cercle tout occupé d'elle, elle re-
cevait à la fois les tributs du jeu et
ceux de la galanterie, était pour
elle une séduction à laquelle il lui
était difficile de résister. Il faut avoir
étudié l'esprit et les habitudes des
joueurs pour savoir qu'une véritable
conversion est chez eux une sorte de
miracle. Les malheurs d'Elmonde ne
l'avaient point assez corrigée.

Un jour, après avoir reçu chez un
banquier le montant d'un billet faisant
partie de l'envoi de M. Gramm, elle
vint rejoindre madame de Romancé
chez madame de St.-Ange. La somme
qu'elle avait était assez forte, si on
considère qu'elle était dans un état
voisin de la détresse. Madame de Ro-

mancé faisait alors un boston; El.
monde n'en pouvait être surveillée.
Une place manquant à un écarté,
après quelques difficultés, elle consentit à la prendre. Le récit des vi-
cissitudes de son jeu serait trop fas-
tidieux pour nos lecteurs, il nous suf-
fira de leur dire que notre héroïne,
défavorisée par le sort, n'avait point
toute la prudence dont elle s'était
crue capable. Il faut ajouter qu'elle
était singulièrement distraite. Elle
avait vu entrer le marquis de Clainval, et, depuis long-temps un officier
de marine, ayant un œil couvert d'un
bandeau de soie noire, fixait l'autre
sur elle. Il se tenait vis-à-vis d'elle
dans une immobilité remarquable. La
crainte, l'humeur, l'inquiétude, l'impatience que cause une perte conti-
nue, se peignaient tour-à-tour sur le

visage d'Elmonde. Ses traits si brillans
lorsqu'elle s'était mise au jeu, décom-
posés par les mouvemens qu'elle éprouvait, n'offraient alors aucune trace de
beauté. Elle souffrait, et on souffrait
pour elle. Son adversaire n'était point
d'humeur à renoncer à ses avantages,
il jouait avec elle dans toute la rigueur du jeu. A un coup important,
la mise étant forte, préoccupée par le
sinistre regard de l'officier de marine,
elle mit à découvert une de ses cartes,
ce qui lui fit perdre le coup qu'elle
aurait gagné. Elle se leva précipitamment, quitta le jeu, et passant devant l'officier, — En vérité, Monsieur, lui dit-elle, il n'est point honnête de regarder une femme aussi
long-temps et aussi fixement. — Mais,
Madame, lui répond l'officier, pour
me parler ainsi me connaissez-vous?

— Non, Monsieur, je n'en ai point d'envie. — Eh bien; s'écrie l'officier en détachant son bandeau et montrant son visage, je veux que vous me connaissiez. Elmonde voit Saint-Léon dans le faux officier, et tombe évanouie. Saint-Léon veut la relever, Clainval vient à eux, et, repoussant Saint-Léon, comme il en avait été repoussé lors qu'Elmonde était tombée dans le canal des Colinettes, se joint aux autres personnes qui la secouraient. Saint-Léon lui dit quelques mots à l'oreille; ils se séparent. Elmonde est portée dans une pièce voisine, où l'on ne laisse entrer que des femmes. Après avoir repris connaissance, elle dit à madame de Romancé, tremblante et tout en pleurs, qu'elle était en état d'être transportée à Clignancourt. A son arrivée on la mit

au lit, et suivant son désir, madame
de Romancé interdit l'entrée de sa
maison aux personnes qui demandaient à la voir.

CHAPITRE XV.

Le rapt.

UNE lettre de S. Léon à Dolainville fera connaître ce qui avait retardé son retour à Paris, et en même temps la suite de la triste aventure d'Eliane. Il écrivait :

« Dans quelques jour nous nous reverrons, mon cher Dolainville.

» Je ne pouvais partir de Naples sans savoir ce qu'Eliane était deveune. J'étais secondé dans mes démarches par un jeune homme nommé Furcy, commis dans la maison de banque avec laquelle j'avais des affaires à régler. Ce jeune homme faisait de temps en temps des parties de plaisir avec un de ses amis nommé Petro. Celui-ci, comme ils étaient ensemble dans un café, lui dit que s'il voulait être discret, il lui raconterait une singulière aventure : Furcy lui ayant promis le secret, il lui dit qu'il avait connu à Nice Charles Salvigny, fils d'un riche propriétaire de cette ville ; qu'ils s'étaient perdus de vue, mais qu'il y avait quelques jours ils s'étaient rencontrés ; que Charles ayant la tête fort agitée, lui avait dit qu'il tenait en garde dans une maison dont le maître lui était entièrement dévoué, et de la fidélité de qui il était d'autant plus sûr qu'il le payait bien, une jeune personne qu'il adorait, qu'il voulait épouser, mais qui avait été détournée de lui par un vil séducteur ; que ce séducteur l'avait enlevée à ses parens, et l'avait amenée à Naples dans le des-

sein d'y vivre avec elle; que dès qu'il
en avait été informé, il était venu de
Nice à leur poursuite, et avait heu-
reusement trouvé la jeune personne à
la cathédrale, le jour de la procession
de saint Janvier; que ne voulant pas
en être aperçu, il l'avait fait suivre par
Dominique, homme de police dont il se
servait pour sa recherche; que celui-ci
avait profité de l'air d'irrévérence de la
belle envers le sang de saint Janvier
pour la faire arrêter par des gens à sa
disposition; que c'était chez ce Dominique même qu'elle était en dépôt,
mais que celui-ci n'avait voulu s'en
charger qu'à la condition que l'honneur de la jeune fille serait respecté,
ne voulant pas se faire une affaire cri-
minelle. Charles avait ajouté qu'il la
tiendrait en son pouvoir jusqu'à ce
qu'elle eût consenti à l'épouser; que

son intention était de la conduire à
Rome, où un de ses amis, extrêmement adroit, favoriserait ce mariage.
Petro lui ayant montré le désir de la
voir, et Charles y ayant consenti, il
avait effectivement vu chez Dominique une jolie personne tout en pleurs,
maudissant Charles, et invoquant le
ciel pour sa délivrance. Elle m'a tellement intéressé, dit Petro à Furcy,
que quoiqu'il me répugne de dénon-
cer quelqu'un, je suis tenté de livrer
ce Charles à la justice. J'ai de lui la
plus mauvaise opinion. Furcy, que
penses-tu que je doive faire? Suis-moi,
dit Petro, tu seras content d'avoir rempli ton devoir. Il me l'amena; je fus
instruit de tout. Ma liaison avec l'honnête famille de Salvigny aurait suffi
pour m'empêcher de donner aux magistrats la connaissance de l'action de

Charles, action qui de sa part ne m'a
pas causé de surprise. Je voulus aller
moi-même à la délivrance d'Eliane,
accompagné seulement de Furcy. Je
refusai de l'être par Petro; puisqu'il
avait eu quelque liaison avec Charles
qui s'était confié à lui, il ne convenait
pas qu'en pareille circonstance il parût avec nous. La nuit s'avançait lorsque nous nous rendîmes armés à la
maison de Dominique. Cette maison
était isolée; nous n'en étions qu'à quelques pas lorsque deux hommes également armés tombèrent sur nous à l'im-
proviste; nous eûmes de la peine à
nous défendre, mais nous nous dé-
fendîmes avec courage. La lune sem-
bla donner plus de clarté pour me faire
voir le visage de Charles qui était
acharné contre moi. Quoique j'en
eusse reçu une blessure, je le désarmai;

Furcy mit en fuite son adversaire.
Charles me conjura de ne pas le perdre. Il m'inspirait à la fois du dédain
et de la pitié; je lui fis grâce, mais je
tins sur lui la pointe de mon épée jusqu'à ce qu'il m'eût livré Eliane, qui à
ma vue jeta un cri de joie, et se pré-
cipita dans mes bras. Dominique se
confondit en excuses; il avait cru, dit-
il, faire une bonne action en mettant
le jeune homme en état de rendre à
sa famille une jeune fille qui avait fui
la maison paternelle, et qui sans eux
aurait pu avoir un plus mauvais asile.
Je rejetai loin de moi les deux sup-
plians : Eliane avait saisi mon bras;
en l'emmenant, je dis à Charles que
s'il ne retournait aussitôt chez son
père, et s'il ne tenait une meilleure
conduite, des mesures seraient prises

pour qu'il ne déshonorât point sa famille.

» Un ami de la maison de Dominique avait entendu ce qu'au café Petro avait dit à Furcy, Charles en ayant été averti, avait préparé son attaque. Eliane devait partir le lendemain pour Rome.

» Ma blessure m'a tenu au lit quelques jours. N'en craignant point la suite, je me suis empressé de venir à Lyon par le plus court chemin. J'ai été attendri par les vifs embrassemens d'Eliane et de sa parente ; Eliane a enfin revu le jeune magistrat. Ils vont être heureux, et moi !..... Ah, Dolainville, si le ciel m'avait conservé ma mère ! Pourquoi, malgré la douceur que devait avoir mon retour après une si longue absence, mon cœur est-il aussi douloureusement oppressé? »

Dolainville et Danécourt avaient été au devant de Saint-Léon qui, ayant appris la mort de sa mère, s'était trouvé tellement mal qu'il lui avait fallu s'arrêter dans une auberge voisine. Lorsqu'il put continuer sa route, Danécourt lui rapporta tout ce que Clainval lui-même lui avait dit de sa conduite avec Elmonde; ainsi il sut que sa correspondance avec elle avait eu pour obstacle la soustraction des lettres par Betzy; que les prétendues lettres de Joseph avaient été fabriquées; que Clainval, pour accélérer la ruine d'Elmonde qu'il voulait avoir dans son entière dépendance, lui avait fait reprendre sa manie du jeu; qu'il avait trompé sa confiance en mettant plus d'embarras dans ses affaires dont il s'était chargé, et avait ensuite déchaîné les créanciers contre elle ; que, pour la posséder contre sa volonté, il avait commis un attentat punissable ; que le portrait de Saint-Léon n'était dans ses mains que parce qu'il avait su s'en emparer pour faire croire qu'il l'avait reçu d'elle-même ; enfin que, pour achever de la déshonorer, il dénaturait le sens et l'intention d'un billet qu'elle avait voulu retirer des mains de Betzi.

L'indignation et le désespoir de Saint-Léon étaient à leur comble. Dolainville avait pensé qu'en lui donnant à la fois la connaissance de tout ce qui était capable de les exciter, il le mettrait dans la nécessité de recueillir tout ce que son âme avait de courage et de force ; que par ce moyen, la suite que pouvaient avoir ces fatales nouvelles serait moins à craindre que si, en lui arrivant successivement, elles lui enlevaient par degrés ses facultés énergiques.

La nuit était venue lorsque St.-Léon, après s'être séparé de son ami Dolainville, était entré chez lui. Il avait recommandé qu'on n'annonçât point son arrivée. Le repos dont il avait si grand besoin ne lui avait pas été permis. De tous côtés l'image chérie de sa mère s'était offerte à ses yeux. A la douleur de sa perte s'était jointe celle de la perte d'Elmonde, car elle ne pouvait plus être à lui, elle avait été à Clainval; tous les charmes avaient disparu, toutes les illusions étaient détruites. Cependant Elmonde ne lui paraissait coupable que d'erreurs et d'imprudences; il reconnaissait que de ses promesses, celle de renoncer au jeu était la seule à laquelle elle eût man-

qué ; il aimait à croire que son cœur
lui était resté fidèle, il la plaignait,
versait des larmes amères sur la fatalité qui les avait désunis, sans que
leur volonté y eût eu aucune part,
et se proposait de la faire promptement sortir de son état de détresse.

Le lendemain du jour de son arrivée, son plus grand besoin avait été de
tirer une juste vengeance des actions
de Clainval ; il avait envoyé une personne de confiance à sa campagne pour
s'informer s'il y était encore, Danécourt lui ayant dit qu'il l'habitait depuis peu de temps, mais qu'il pouvait
être venu à Paris. Cette personne sut
d'un des domestiques que son maître
avait l'intention d'y aller le jour même,
pour y faire une visite à madame de
Saint-Ange, et qu'il ne reviendrait
que le lendemain.

Danécourt avait parlé à Saint-Léon de cette dame et de ses soirées. Saint-Léon, sachant qu'Elmonde y allait quelquefois, avait voulu s'y rendre sans être connu : il devait lui être pénible d'y voir Elmonde en action au jeu, mais il lui importait de se convaincre par ses yeux de la vérité de ce qu'on lui avait dit. S'il ne la trouvait point, il pourrait du moins dire un mot à Clainval. Il s'était déguisé, ainsi que nous l'avons dit, et s'était fait présenter par une personne de sa connaissance, qui était de celle de madame de Saint-Ange, et qu'il avait mise dans sa confidence.

Il serait difficile d'exprimer le supplice qu'il avait éprouvé en voyant l'agitation et les traits déformés d'Elmonde. L'impression de ces traits s'était gravée si fortement dans son esprit, qu'elle ne pouvait plus en être effacée. Pour lui Elmonde ne pouvait plus qu'être laide ; dépouillée de sa dignité et de ses grâces, elle lui avait causé tant de répugnance que lorsqu'elle lui avait parlé il n'avait pu contenir le mouvement de vivacité auquel il s'était livré, sans prendre garde aux nombreux spectateurs qui avaient les yeux sur lui, et dont le murmure le suivit jusqu'à ce qu'il fût hors de la salle. Il ne tarda pas à se repentir d'être ainsi sorti de son caractère ; la pensée du mépris dont il avait couvert l'infortunée Elmonde pesait sur lui comme un poids énorme; il cherchait en vain à s'en délivrer. A toute heure il envoyait chez madame de Romancé pour savoir dans quel état se trouvait Elmonde; on ne pouvait parler à cette dame ; beaucoup de personnes envoyaient prendre la même information. On disait seulement que le corps souffrait peu, mais que le cœur était bien malade.

Il écrivit à madame de Romancé, et l'engagea à faire tous ses efforts pour qu'Elmonde consentît à le recevoir un instant ; il désirait expier, par le sacrifice même de sa vie, l'indigne action qu'il avait commise. Cette dame lui répondit :

« Vous avez porté la mort dans le sein de votre amie, et vous demandez à la voir ! attendez ; sa tête se perd, si elle recouvre du calme, je tâcherai d'obtenir que vous lui écriviez. »

Réfléchissant qu'Elmonde avait été trompée sur son compte ainsi qu'il l'avait été sur le sien, il adressa une lettre à madame de Romancé ; il lui marqua tout ce qui avait dû lui faire croire à l'infidélité de son amie, de quelle manière on avait causé sa fatale erreur, et en même temps il l'assura que si son cœur avait beaucoup souffert, il n'avait aucunement changé. Il s'expliqua sur ce qui concernait Eliane, de manière à ne laisser aucun doute sur la nature de ses sentimens pour elle.

Cette lettre, comme il l'avait espéré, ranima les sens d'Elmonde. Cependant ce qui devait causer une éternelle séparation entre eux n'échappait pas à celle-ci, et elle n'y pensait point sans que son courage ne l'abandonnât.

~~~~~~~~~~~~~~~~~~~~~~~~~~~~~~~~~~~~~~~

CHAPITRE XVI.

Le Duel.

Il était deux heures après midi ; un beau jour de printemps rendait la nature plus vivante , et donnait un vif éclat à la riante parure des champs. Elmonde, ayant ouvert sa croisée, regardait d'un œil indifférent le beau tapis de verdure qui, de la maison de madame de Romancé, s'étendait dans toute la plaine Saint - Denis. Cette dame l'avait quittée un instant pour aller vers l'extrémité de Clignancourt, où l'on désirait lui parler. Elmonde voyant beaucoup de personnes qui couraient du côté de la maison dont

elle avait été dépossédée, désirait savoir ce qui causait ce mouvement.
Une vague inquiétude se joignait à
ce qu'elle éprouvait déjà de pénible.
Elle appela une femme qui revenait
du lieu où l'on se portait, et lui fit
signe de monter à son appartement.
Cette femme répondit à la question
qui lui fut faite, qu'un Monsieur très-
bien mis venait d'être trouvé mort au
bas de la montagne ; qu'il avait reçu
une blessure dont beaucoup de sang
avait coulé, et qu'on était allé avertir
monsieur le maire. Aux premiers mots,
Elmonde fut tellement saisie que la
femme qui lui parlait eut bien de la
peine à empêcher qu'elle ne perdît
connaissance. Ce que Saint - Léon
avait marqué à madame de Romancé
sur ce qu'il avait appris de la conduite
de Clainval, lui avait fait craindre un

duel entre eux ; ce duel lui avait paru
presqu'inévitable. Avaient-ils choisi
pour leur rendez-vous une place aussi
voisine de son habitation ? Etait-ce
Saint-Léon, était-ce Clainval, qui avait
succombé ? Si c'était Saint-Léon, elle
n'avait plus qu'un instant à vivre ; si
c'était Clainval il lui serait encore permis de respirer ; mais elle n'avait point
formé ce vœu de vengeance. On lui dit
que si elle montait au pavillon, elle
pourrait apercevoir le lieu où le corps
était étendu. Elle y monta toute tremblante, et frémit en voyant les jambes
et une partie du corps du malheureux
qui avait été tué ; mais rien ne lui
montrait que ce corps fût celui de
Saint-Léon ou celui de Clainval. Madame de Romancé rentra, et s'aper-
cevant qu'Elmonde avait besoin d'être
rassurée sur le sort du premier, dit :

Clainval est mort! Elmonde jeta involontairement un cri de joie, ensuite elle fondit en larmes. Elle remercia le ciel d'avoir favorisé Saint-Léon, et malgré tous les maux dont Clainval l'avait accablée, il fut pour elle un objet de regrets et de pitié.

Madame de Romancé avait vu Saint-Léon dans la maison où elle avait été invitée à venir; il était dans un calme effrayant. Dolainville, qui l'accompagnait, apprit à madame de Romancé toutes les circonstances du duel. Il s'agissait de faire échapper Saint-Léon aux poursuites de la justice, mais il se refusait à ce qu'il fût pris pour cela aucune précaution; après une longue résistance, il y consentit, pourvu que sa retraite ne fût pas éloignée de Clignancourt. Madame de Romancé pensa à la maison d'une dame Hervin, veuve,

avec laquelle elle avait été très-liée,
et de la prudence comme de l'obligeance de laquelle elle était certaine.
Cette maison, qu'on appelait l'Hermitage, était à une petite distance de
Clichy : madame Hervin y vivait très-
retirée, ayant peu de rapport avec
Paris. Madame de Romancé dit qu'elle
allait prévenir Elmonde de son absence, et qu'elle reviendrait aussitôt
prendre les deux amis pour aller chez
madame Hervin. Saint-Léon faisait
les plus ardentes prières pour qu'on
lui laissât voir un instant Elmonde ;
Dolainville et madame de Romancé
s'y opposèrent, une pareille entrevue,
qui n'était point préparée, ne pouvant
qu'accroître le désordre dans lequel
tous les deux se trouvaient ; ils voyaient
d'ailleurs sur le visage de Saint-Léon
le signe d'un désespoir concentré dont

ils craignaient les effets. Il ne répondait que par monosyllabes à ce qui lui était dit.

Madame Hervin, instruite de ce qui était arrivé, fut flattée de la marque de confiance qu'on lui donnait, et promit d'avoir pour Saint-Léon tous les soins propres à lui rendre sa situation moins pénible.

Nous rapporterons ce qui est relatif au duel qui venait d'avoir lieu.

Lorsque chez madame de Saint-Ange Clainval était venu au secours d'Elmonde et avait repoussé Saint-Léon, celui-ci lui avait dit à l'oreille: *Demain à midi, au bas de la butte Montmartre.* Saint-Léon s'y trouva le premier; il était accompagné de Dolainville et de Durozel. Un instant après, Clainval parut ayant avec lui le major Jackson, et un autre de leurs

amis. Les pistolets furent choisis pour
le combat. La distance dans laquelle
les adversaires devaient être l'un de
l'autre fut fixée de manière que l'un
des deux ne pouvait manquer d'être
atteint : c'était un combat à mort. Des
deux côtés on avait jugé que la haine
de l'un des adversaires pour l'autre
était trop forte pour qu'il en fût autrement. Le sort devant décider qui
tirerait le premier, fut favorable à
Clainval. Sa main était tremblante, il
manqua son coup. La balle siffla à
l'oreille de Saint-Léon qui, ne croyant
pas devoir ménager un pareil adversaire, tira sur lui d'une main ferme,
et le fit tomber mort sur la place. On
s'assura que tout secours serait inutile.
Le major anglais complimenta froide-
ment Saint-Léon sur son adresse, et
dit qu'il allait prévenir la famille du

défunt pour que son corps fût enlevé.

Clainval n'inspirait pas assez d'intérêt pour qu'on mît de l'activité dans la poursuite du vainqueur. L'humanité et la religion réclament, il est vrai, la vengeance d'un aussi grand crime que le duel; mais en France il suffit que l'honneur y soit souvent intéressé pour qu'il ne se poursuive pas avec rigueur. Saint-Léon, après quelques jours de retraite, pouvait donc sortir sans danger, pourvu qu'il ne se montrât point dans les lieux publics ni dans ceux où il était le plus connu.

A peine était-il à l'Hermitage, il écrivit à Elmonde ce billet que madame de Romancé lui promit de remettre, quoiqu'il fût cacheté.

« Je ne peux vous le taire, Elmonde, le jour m'est insupportable, puisque je dois être pour toujours séparé de

vous ; il y a une heure , je voulais vous
faire le sacrifice de ma vie. Vous la
consacrer avait été mon vœu , aurait
été ma jouissance ; tout semble s'être
réuni pour rompre ces liens dont nous
nous promettions tant de douceurs,
et vous - même......... Mais je ne veux
pas vous faire de reproches ; je fléchis
le genou devant la fatalité par laquelle
vous avez été entraînée. Pourquoi
faut - il que mon imagination vous
cherche sans vous trouver ? Ma pensée
se perd dans la nuit ; jugez de mon
égarement par l'injure que je vous ai
faite chez madame de Saint-Ange, injure à laquelle il est vrai que la réflexion n'a eu aucune part. Mais était-
ce là, Elmonde, que je devais vous
revoir ? J'ai donc paru vous dédaigner,
moi l'admirateur de vos vertus, comme
l'adorateur de vos charmes ! Je suis

vengé de l'homme dont la main cruelle
a lacéré le contrat qui nous liait l'un
à l'autre, mais sa tombe n'empêchera
point qu'il n'ait triomphé de moi, puisqu'il me laisse à subir un supplice plus
cruel que la mort.

» Si du moins l'amitié..... mais ce
sentiment suffit-il pour remplir des
ames comme les nôtres ?

» O Dieu ! rappelez-moi à vous, ou
rendez-moi des jours tels que ceux
que j'ai passés avec Elmonde dans cet
asile champêtre que nous aurions re-
vus, où nous aurions été à l'abri des
traits aigus dont l'opinion frappe les
erreurs et les faiblesses!

» Elmonde, ne livrez pas à lui-
même, à son désespoir, l'infortuné
qui fut à la fois votre amant, votre
ami; dites que vous lui pardonnez le
mal qu'il vous a fait; honorez-le d'une

faveur à laquelle il attache le plus
grand prix; en consentant du moins au
partage de sa fortune; je serai bientôt
dans l'impuissance d'en faire usage, si
vous ne consentez à y puiser ce qui
doit vous rendre à la société et à l'exer-
cice de cette touchante bienfaisance
qui attire sur vous de justes bénédic-
tions.

» Madame de Romancé se fera sans
doute un plaisir de régler avec moi
ce qui sera dans vos intentions. »

SAINT-LÉON.

Elmonde avait pressenti ce que cette
lettre contenait de plus accablant; elle
connaissait la délicatesse du sentiment
qu'elle avait inspiré à Saint-Léon, sa
noble fierté, l'impossibilité de le faire
composer avec les principes qu'il avait
toute sa vie professés. Saint-Léon sa-

vait ce qu'il fallait accorder ou refuser à l'opinion ; il ne pouvait vivre sans estime et sans considération ; il n'aurait pu avouer une liaison avec une personne qui n'aurait pas joui de ces avantages. Elmonde ne se dissimulait pas qu'elle en était privée, et cette seule idée, comme un germe empoisonné, la menaçait d'une prochaine destruction.

Elle répondit à Saint-Léon :

« Je conçois, Monsieur, ce qui vous fait sentir la nécessité d'une éternelle séparation ; j'ai attendu votre arrêt, je suis résignée.

» Comment pourrais-je ne pas vous pardonner un mouvement justifié par la cause qui l'a produit, moi qui, indépendamment de ce dont ma volonté ne peut-être accusée, ai tant besoin

que vous me pardonniez ce dont je
me suis véritablement rendue coupable ?

» Il n'est que trop vrai, Elmonde
n'est plus digne de Saint-Léon, elle
est privée du bel ornement dont la
nature l'avait parée ; elle est flétrie.

» Quelque disposée que je sois à
accepter les sentimens que vous voulez bien m'accorder, il en est un que
vous m'offrez et que je refuse : c'est
la pitié. Je ne vous tiens pas moins
compte du ménagement avec lequel
vous m'offrez cet impitoyable don ;
je vous tiens compte aussi de ce que
vous avez regardé l'amitié comme insuffisante pour notre bonheur. Saint-Léon sans amour ne me conviendrait
pas plus que ne vous conviendrait Elmonde dépouillée de sa dignité.

» Non, quelque besoin que j'aye

de secours, je n'en recevrai de personne. Quoique vous soyez l'homme du monde que j'estime le plus, j'en recevrais moins de vous que de tout autre. De mes besoins urgens le plus grand, je l'espère, sera bientôt satisfait. »

ELMONDE.

Saint-Léon ne se dissimulait pas ce qu'avait de cruel et d'alarmant l'état dans lequel se trouvait Elmonde. Elle aurait pu supporter la perte de sa fortune, il voyait qu'elle ne supporterait point celle de l'amour qu'il lui avait juré. Elle ne renonçait à lui que parce qu'elle le voyait céder à l'impérieuse nécessité qui le portait à renoncer à elle ; elle avait elle-même la conviction de cette nécessité ; il était à craindre que Saint-Léon, en la lui confirmant, ne l'eût mortellement

blessée. Telle était la différence de
leur position respective, Saint-Léon
dans son amour était resté pur et sans
reproche ; soit erreur, soit faiblesse,
soit surprise, il n'en avait pas été de
même d'Elmonde. Il aurait suffi du
jeu auquel elle s'était livrée sans aucun frein, quoiqu'il lui eût déclaré
qu'un pareil vice les désunirait, pour
qu'elle fût coupable envers lui.

Saint-Léon aurait voulu trouver
quelque moyen d'échapper à la rigueur de la loi sociale qui commandait leur séparation ; il n'en trouvait
pas : Dolainville lui-même lui repré-
sentait ce que cette loi avait d'impo-
sant, quoiqu'il sentît qu'en tenant ce
langage, il enfonçait le poignard dans
son sein ; il approuvait les regrets
qu'avait son ami de ne pouvoir plus
jouir des vertus aimables de sa chère

Elmonde; quant à cette beauté dont Saint-Léon avait aussi éprouvé la séduction, pouvait-il le plaindre d'être privé d'un bien auquel Clainval avait enlevé son plus beau lustre?

Saint-Léon connaissant la délicatesse et la fierté d'Elmonde, n'avait point été surpris du refus qu'elle avait fait du partage de sa fortune, même d'aucun secours. Il ne doutait pas que s'il insistait dans son offre, elle ne persistât dans son refus; mais il s'était concerté avec madame de Romancé pour que rien de ce qui lui était nécessaire ne lui manquât.

CHAPITRE XVII.

La couronne.

Saint-Léon désira avoir en sa possession son portrait dessiné par Elmonde, ainsi que le billet qu'elle
avait adressé à Clainval et qu'elle n'a-
vait pu retirer des mains de Betzi. On
l'avait instruit de l'abus que Clainval
avait fait du billet et du portrait; ils
étaient encore pour la malignité un
sujet de satisfaction. La lecture de ce
billet opéra sur ses sens un désordre
inexprimable, et affermit la résolution
dans laquelle il était de ne plus revoir Elmonde. Il n'avait point conservé le désir qu'il avait eu d'abord d'en

être reçu : s'il préférait pour sa retraite une maison dans le voisinage de
celle qu'elle habitait, c'était moins
parce qu'il lui serait plus facile de la
voir, qu'afin de pouvoir être plus
promptement instruit de ce qui la
concernait. Il fit part à ses amis de
l'intention dans laquelle il était d'aller
s'enfermer aux Colinettes; ils y ap-
plaudirent, et comme ils ne voulaient
point le laisser seul, il fut décidé
qu'ils partiraient avec lui; mais était-
on prêt à partir, il tombait dans un
tel état de faiblesse qu'il fallait remettre le voyage à un autre temps.
Sa santé s'altérait visiblement, il prenait peu de nourriture, et ses discours, sans ordre et sans suite, annonçaient l'égarement de son esprit.

La fièvre avait peu quitté Elmonde
depuis qu'elle s'était évanouie chez

madame de Saint-Ange; les accès en
devenaient plus longs et plus doulou-
reux, ce qu'on attribuait aux impressions causées par la mort de Clainval et par la lettre que Saint-Léon lui
avait adressée. Bientôt la violence de
son transport donna de l'inquiétude :
on avait peine à la retenir dans son
lit; elle voulait aller trouver Saint-
Léon pour qu'il la délivrât de ces hideux fantômes qui la poursuivaient.
Souvent elle l'appelait à hauts cris.
Une fois, en revenant à elle-même, elle
demanda pourquoi on avait laissé entrer dans sa chambre ce méchant
Clainval, qui avait voulu enlever les
habits de noces que Saint-Léon y
avait apportés.

On était presque toujours obligé
de faire ce qu'elle demandait, car les
refus augmentaient son exaltation et

son mal. Dans son délire, elle avait
voulu un jeu de cartes : à toute heure
il fallait mettre près d'elle une table
de jeu ; elle y faisait placer Elisabeth
sa garde, qu'elle forçait de jouer avec
elle ; si elle croyait perdre, elle frap-
pait vivement son front ; si elle croyait
gagner, elle riait aux éclats. Elle donnait alternativement des signes de
raison et de folie. Dans les intermit-
tences de sa fièvre, elle écrivait tantôt
à Saint-Léon, tantôt à la comtesse de
Wilmar ; mais elle ne laissait partir
aucunes de ses lettres à Saint-Léon, et
les déchirait à mesure qu'elle les avait
écrites. — Elles sont inutiles, disait-
elle, nous n'avons plus rien à nous
dire.

Tous les jours à son reveil il fallait
que madame de Romancé et Elisabeth
entendissent les rêves bons ou mauvais

qu'elle avait faits. Il y en avait quelquefois d'effrayans, alors elle mettait
tant de feu dans son récit qu'on ne
l'entendait pas sans frémir ou sans
verser des larmes. Elle avait dessiné,
avec beaucoup de soin, un tombeau;
dans les ornemens elle avait entre-
mêlé du myrte, des cartes, des roses
et des larmes, et avait inscrit ces
mots au bas :

Ci-gît une victime de la passion du jeu
et de celle de l'amour.

La fièvre ayant considérablement
diminué, et les accès n'étant point aussi
fréquens, le médecin, qui ne voyait
dans la maladie d'Elmonde rien qui
annonçât du danger, ne s'opposa plus
au désir qu'elle montrait d'aller de
temps en temps respirer l'air balsa-
mique du printemps dans la plaine

émaillée de Saint-Denis, ou sur les
hauteurs de Montmartre. Il avait
exigé qu'elle y fût toujours accompagnée de sa garde, lorsqu'elle ne le
serait point par madame de Romancé,
dont la sollicitude et les soins ne s'é-
taient pas démentis.

Les promenades d'Elmonde étaient
favorables à sa santé, mais elles augmentaient sa mélancolie. Elle disait
bien l'impression que faisaient sur ses
sens le parfum des fleurs, l'éclat de la
verdure, et l'aspect des sites champê-
tres lorsqu'elle était avec Saint-Léon
aux Colinettes ; mais si les champs, les
fleurs, la verdure flattaient encore ses
yeux, ils attristaient son cœur ; en lui
reproduisant ce qui avait été aux Colinettes une de ses douces jouissances, ils
augmentaient ses regrets. Madame de
Romancé évitait de la faire passer près

du bouquet de bois où le duel avait eu lieu, mais dans la disposition d'esprit où elle se trouvait, ce qui pouvait rendre ses idées plus tristes et plus sombres était ce qui lui plaisait davantage. Il suffisait d'ailleurs, pour qu'elle fût tentée d'aller dans ce lieu, qu'on parût lui en défendre l'accès.

Le lendemain elle y fut accompagnée de sa garde, qui n'avait pas fait attention à ce que madame de Romancé voulait qu'Elmonde évitât. Elle ne vit pas sans frémir la terre encore teinte du sang que, frappé de la main de Saint - Léon, Clainval expirant avait répandu. Elle s'assit sur un banc de pierre, près de l'allée d'arbres qui avait été choisie pour le lieu du combat. Là elle se livrait à de noires méditations, tandis que sa garde, croyant lui complaire, allait cueillir des bleuets et des coquelicots, en apportait, puis s'en retournait pour en chercher encore. Elmonde en tressait négligemment et comme machinalement une couronne.

Ce jour-là Saint-Léon, instruit de la maladie d'Elmonde, et qui en craignait les suites, avait été à Clignancourt dans l'espérance de ranimer son courage, et de contribuer à son soulagement ; mais au moment de frapper à la porte de la maison, des réflexions qu'il n'avait point faites l'avaient arrêté. Il retournait tristement à l'Hermitage. Se trouvant près du lieu où était Elmonde, il l'entrevit, s'approcha, et ne doutant point que la couronne qu'elle tressait ne fût destinée à être déposée à la place même où Clainval était mort, il ne put contenir un mouvement de fureur ; il courut

à elle d'un pas précipité, se montra
avec un air menaçant, l'accusa de
vouloir honorer les mânes de son séducteur, et dirigea sur elle une arme
qu'il portait ordinairement sur lui,
bien déterminé à s'en frapper ensuite;
mais Elmonde, croyant être dans un
rêve, lui dit du ton d'une extrême
douceur, et ses beaux yeux inondés
de larmes : — Mon ami, non, je ne re-
grette point le principal auteur de mes
maux ; les apparences sont encore ici
contre moi ; mais sois sûr que si j'avais
eu une intention en tressant une couronne, cette intention n'aurait été
que de la poser sur ta tête. A ces mots,
Saint-Léon désarmé partage l'illusion
d'Elmonde; il la prend dans ses bras
et la couvre de baisers; mais tout à
coup un trait de lumière lui faisant
mesurer la profondeur de l'abîme où

un moment de faiblesse va le précipi-
ter, il s'arrache des bras qui le serraient
fortement, et se hâte de gagner la retraite dans laquelle la réflexion va
le rendre à toute son infortune. La
pauvre Elmonde voit s'évanouir avec
son faux rêve toute espérance de bonheur. Sa tête se perd, la raison ne
lui reviendra plus que par intervalles,
et ramenée à sa demeure par Elisabeth, elle est attaquée de si violentes
convulsions qu'on désespère de sa vie.

CHAPITRE XVIII.

L'égarement.

ELMONDE avait donné à la comtesse de Wilmar des détails sur les événemens que nous avons rapportés. Nous offrirons à nos lecteurs des extraits des dernières lettres qu'elle lui adressa, et nous les mettrons ainsi en état de comparer la situation dans laquelle elle se trouvait à son départ de Dusseldorf, avec celle dans laquelle elle était à Clignancourt.

« Mon sort se décide, chère Louise ; je n'ai plus qu'à mourir. Le jeu m'a ruinée entièrement ; ma faiblesse m'a perdue, le plus vil des hommes a ourdi la marque dont l'opinion m'a flétrie, celui que j'adorais ne m'offre que de la pitié; ce n'est plus qu'à ce sentiment que je dois ce qui prolonge de quelques jours ma honteuse et pénible existence.

» Pourquoi t'occuper encore de moi? nous reverrons-nous?

» Ne crains pas que j'attente volontairement à mes jours; mais a-t-on une volonté lorsque la tête est perdue?

» Je n'ai pas besoin d'effort pour mourir, je n'ai qu'à laisser agir la nature.

» La dernière blessure que j'ai reçue est telle qu'il n'est pas même au pouvoir de celui qui m'a frappé d'en alléger la douleur. Le mal qui est dans la profondeur de l'âme met en défaut la science de celui qui, parce

qu'il connaît la structure du corps hu-
main, croit avoir le secret de la gué-
rison.

» Aujourd'hui courageuse et calme, demain...

» O pourquoi une malheureuse
créature ne peut-elle mourir à volonté? Pourquoi est-il si difficile de
mourir? Quel bien cela ferait si les
momens étaient abrégés!

» L'infortuné, l'être sans espoir voudrait se sauver de la vie, comme le cri-
minel condamné voudrait se sauver du
supplice. »

————

« Croirais-tu, ma Louise, qu'un
mouvement mondain vient de me faire
me regarder dans une glace pendant
un quart d'heure? Je m'y cherchais,
je croyais m'y retrouver. Je m'y pré-

séntais comme on se présente dans un brillant sallon lorsqu'on est jalouse d'y attirer des hommages.

» Pour que la beauté et les grâces en obtiennent, il suffit qu'elles s'y montrent ; pourquoi la beauté et la pureté de l'âme ne peuvent-elles se voir aussi bien ? On serait entraîné par leurs charmes ; et en leur faveur on accorderait le pardon des faiblesses.

» Quel est donc cet orgueil qui, dans ma pensée, m'élève au-dessus de ceux qui me dédaignent ?... Ne parlons plus de l'âme.

» En voyant sur mes joues un vif coloris, il me semble que je suis encore la belle Elmonde.

» J'entends qu'on se dit un peu bas : *C'est un signe de mort.*

» Que ma tête est brûlante ! je voudrais y mettre un bandeau de glace. »

—

» Le jeu! l'amour! dis-moi, ma Louise, n'ont-ils pas les mêmes caractères? n'ont-ils pas à un même degré le pouvoir de l'entraînement? n'est-on pas aveuglé par l'un comme par l'autre? n'ont-ils pas également des dangers? et ne les embrasse-t-on pas avec la même ardeur? Pourquoi donc ceux qui se dévouent à leurs différens cultes ne sont-ils pas traités dans l'opinion de la même manière? Pourquoi les erreurs des uns n'obtiennent-elles pas la même indulgence que les erreurs des autres?

» Qu'ai-je dit? et ne juge-t-on pas de la nature des sentimens par celle de la récompense que les uns et les autres sollicitent?

» Pourquoi n'ai-je pas assez consi-
déré combien était indigne d'une âme
bien née le prix que les joueurs am-
bitionnent?

» Mais l'amour! l'amour dans des
cœurs tels que le mien, tels que celui de Saint-Léon!.....

» Que je suis malheureuse d'avoir
écouté une autre voix que la sienne?
Cette voix, lorsque s'y mêlait celle
de l'amitié, n'avait-elle donc pas assez de puissance?

» J'ai honte de moi-même.

» Ainsi que des vices, il est des
malheurs qui ne se pardonnent ni se
réparent.

———

« Quel songe, ma chère! mon Dieu
quel songe! Ne doit-on pas compter
parmi les grandes souffrances aux-

quelles la pauvre humanité est sujette, ces songes épouvantables qui vous égarent dans un labyrinthe infernal où de supplice en supplice vous arrivez à une mort plus douloureuse, je crois, que celle qui dans la réalité met fin au malheur de la vie ?

» Je t'aime trop, ma Louise, pour ne pas craindre d'effrayer trop vivement ton imagination par le récit de mon songe. Figure-toi seulement des têtes monstrueuses, des spectres hideux, des glaives ensanglantés, des cadavres infectes, d'humides souterrains, des ossemens de morts.

» Après avoir été poursuivie par les cris de désespoir de joueurs tenant dans leurs mains des instrumens de destruction, je me suis trouvée au milieu d'un cimetière où les parens, l'époux que j'ai perdus, sortis de leurs tombeaux, me chargeaient d'imprécations. Je voulais fuir, lorsqu'un bras inexorable, me saisissant, m'a précipitée dans le gouffre immense où s'engloutissent les générations.

» Le jour ne m'a point soulagé. Il me faut subir encore le supplice des mêmes images que la nuit m'a présentées. »

———

« Nous allons donc être séparées pour toujours, chère Louise ! je le sens, mon cœur se retire, mon oppression est plus vive, ma vue s'affaiblit, les forces m'abandonnent.

» Et que ferais-je au monde, pauvre et dédaignée, malheureuse par ma faute ? Tous ces êtres respirants autour de moi me rejetteraient sans que j'eusse le droit de m'en plaindre.

» Qu'une douleur comme la mienne donne d'étendue à la pensée !...

» Mais cette pesanteur de ma tête n'est-elle pas causée par les réflexions dont je suis assaillie, et qui s'accumulent !

» Des réflexions ! à quoi bon ? il faut mourir. Je suis dans l'état d'un voyageur qui voit une riante contrée, et sent la terre manquer sous ses pas.

» Une voix inconnue, impérieuse m'appelle. Adieu, Louise. »

———

~~~~~~

CHAPITRE XIX ET DERNIER.

Ainsi finissent les grandes passions.

ELMONDE avait donné des signes de
folie. Souvent livrée à une méditation
profonde, dès qu'elle en sortait, elle
tombait dans de violentes convulsions;
l'avait-on rendue à elle-même, elle
se montrait tranquille, même gaie,
mais ce calme apparent et son rire
avaient quelque chose d'affligeant. On
la gardait à vue.

Dans un moment où madame de
Romancé et Élisabeth, la croyant assou-
pie, avaient quitté sa chambre pour
quelque soin du ménage, elle s'évada,
et, son habillement et sa chevelure en

désordre, courut à travers les champs,
sans savoir où elle allait. On la cher-
cha de tous côtés le jour et le lendemain matin ; cette recherche ne fit
rien découvrir.

On n'osait instruire Saint-Léon de
cet événement : on savait que, livré
à une noire mélancolie, il ne voulait
voir personne. Il avait recommandé
qu'on ne prononçât jamais devant lui
le nom d'Elmonde. En excitant en lui
de trop fortes émotions, on pouvait
lui causer une crise dangereuse.

Il était midi, c'était un jour de fête :
une douce chaleur contribuait à ranimer les jeux des villageois; deux jeunes
époux sortaient de la chapelle du château de....; ils passaient pour aller au
lieu de la noce, auprès d'un fossé rempli d'eau bourbeuse. On n'aperçut
point sans horreur, à moitié caché

dans des joncs, le corps d'une personne qui s'y était noyée. On retira
ce corps, et on l'étendit dans un champ
voisin.

Saint-Léon allait quelquefois se pro-
mener dans le parc du château, qui était
peu éloigné de l'Hermitage. Il venait y
accroître dans le tourment de sa sombre
rêverie, le dégoût d'une vie dont le
principal ressort était brisé. Il voit
une troupe de villageois formée en
cercle, entend prononcer ces mots si-
nistres : *elle est morte !* s'approche,
fend la presse, et reconnaît sa chère
Elmonde. Il reste un instant pâle et
immobile, ses traits se décomposent,
son cœur se glace, il tombe, on le re-
lève, il n'existait plus.

L'éclat d'un beau jour contrastait
avec cet horrible spectacle. Rien n'é-
tait changé dans la nature, seulement

deux êtres étaient sortis de son sein. Ses beautés n'en étaient pas moins ad-mirées, et près du tombeau des deux amans, de jeunes époux s'enivraient à la coupe des voluptés.

FIN DU SECOND ET DERNIER VOLUME.

TABLE

DES MATIÈRES CONTENUES DANS CE VOLUME.

—

TABLE DES MATIÈRES.

www.ingramcontent.com/pod-product-compliance
Lightning Source LLC
Chambersburg PA
CBHW061431030726
47503CB00005B/1366